JN153038

目次

蔵前片町
札差『備前屋』
浅草聖天町
居酒屋『金龍』
浅草元鳥越町
料理屋『ひさご』
本所尾上町
水茶屋『如月』
門前仲町
水茶屋『万寿楼』
深川黒江町
船宿『舟清』
深川佐賀町
廻船問屋『渡海屋』
料理茶屋『浜之屋』
不忍池
湯島天神
山谷堀
新堀川
浅草寺
浅草新鳥越町
待乳山聖天
吾妻橋
横川
神田川
百本杭
本所石原町
柳橋
両国橋
両国広小路
鎌倉河岸
米沢町
大川
竪川
新大橋
小名木川
江戸城
竜閑橋
本銀町
浜町河岸
仙台堀
相生橋
南町奉行所
京橋常磐町
八丁堀
永代橋
鉄砲洲
福島橋
奥川橋
北
西
東
南

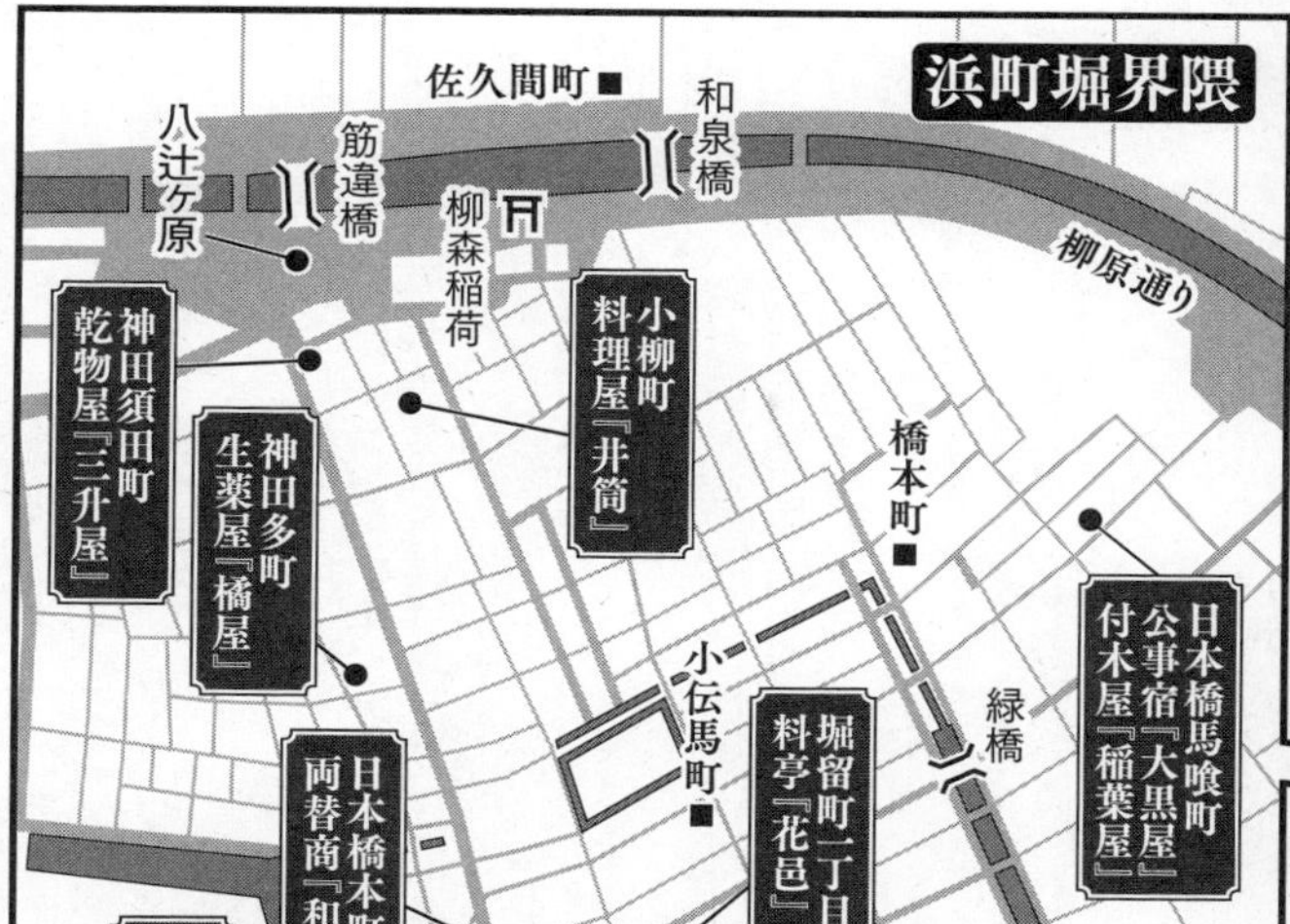

「公事宿始末人 千坂唐十郎」の舞台

第一章　公事宿《くじやど》の女房

一

西の障子窓を茜色《あかね》に染めていた残照が、いつの間にか薄い夕闇《ゆうやみ》に変わっていた。

今年の春は、例年よりやや寒い。陽が落ちると急激に冷え込んできて、畳の下からしんしんと寒気がわいてくる。

千坂唐十郎《ちさかとうじゅうろう》は、その寒さで眼を醒《さ》ました。神田多町《かんだたちょう》二丁目の貸家の六畳の居間である。

七ツ（午後四時）ごろ、近くの湯屋で湯をあびた帰りに、量り売りの酒を一升買ってきて、風呂上がりの一杯をやっているうちに寝込んでしまったのだ。

夢の中で六ツ（午後六時）の鐘を間遠《まどお》に聞いたような気がする。それから四半刻（三十分）はたっているだろうか。

むっくり起き上がり、台所の土間に降り立つと、竈《かまど》に火をおこして湯をわかした。

赫々《あかあか》と燃える榾《ほた》明かりが、唐十郎の顔に深い陰影をきざんでいる。

歳、三十二。端整な面立ちをしているが、無為徒食の浪人暮らしが身にしみついたせいか、切れ長な双眸《そうぼう》の奥に虚無的で暗い光が宿っている。

ほどなく薬罐《やかん》が音を立てて湯気を噴き出した。

わかした湯を手桶《ておけ》に移してひげを剃《そ》り、今朝方の残り飯に茶をかけて腹に流し込むと、唐十郎は大小を腰に差して家を出た。

日がとっぷり暮れて、東の空に白い小さな月が浮いている。

神田多町から八辻《やつじ》ケ原《はら》に出た。

この広場は八方に道がのびているので、「八《や》ツ小路《こうじ》」の別称もある。

昼間は大道芸人や辻講釈、薬売り、古道具屋などが店を張り出してにぎわうが、夜は往来する人影もほとんどなく、怪しげな白首女《しろくび》が出没する寂しい場所になる。

八辻ケ原から、神田川南岸の柳原《やなぎわら》土手に足をむけたときである。

前方の闇にポツンと小さな明かりが浮かび立った。

眼をこらして見ると、それは町駕籠《かご》の小田原《おだわら》提灯《ぢょうちん》の明かりだった。駕籠の左右には、屈強の浪人者が一人ずつついている。いずれも垢《あか》じみた凶悍《きょうかん》な面《つら》がまえの浪人である。

土手道の右側に寄って駕籠をやり過ごそうとした瞬間、駕籠の簾《す》の下から女物の帯が垂れ下がっているのを見て、唐十郎が、

「待て」

と、呼び止めると、駕籠の右側についていた浪人が思わず振り返り、

「何用だ」

威嚇《いかく》するように唐十郎をにらみつけた。

「その女、どこに運ぶつもりだ」

「女？」

「帯が垂れているのが気になってな」

「き、貴様には関わりない！　詮索《せんさく》無用だ！」

浪人の顔に狼狽《ろうばい》が奔《はし》った。

「行け」

もう一人の浪人が駕籠かきに命じた。

刹那《せつな》、唐十郎は身をひるがえして、バッと駕籠の簾をはね上げた。

商家の新造《しんぞ》ふうの女が猿《さる》ぐつわを噛《か》まされ、うしろ手にしばられて駕籠の中に押し込まれていた。力ずくで誘拐《かどわか》されてきたのだろう。衣服が乱れ、解けた帯が駕籠の外に垂れ下がっている。

「この女は……！」

「おのれッ！」

二人の浪人が猛然と斬《き》りかかってきた。

唐十郎は、とっさに横に跳んで一人の斬撃《ざんげき》をかわすと、クルッと体を反転させて、もう一人の背後にまわり込み、抜きつけの一刀を浴びせた。

「ぎえッ」

浪人の背中に裂け目が走った。肉がめくれ、音をたてて血が噴き出す。二、三歩前にのめってドサッと倒れた。

すぐさま唐十郎は片膝《ひざ》をついて身を沈め、次の斬撃をかわした。刃うなりをあげて頭上すれすれに刀刃《とうじん》がかすめてゆく。片膝をついたままの体勢で、横殴りに刀を払った。

「わッ」

と悲鳴をあげて、浪人が横ざまにころがった。必死に立ち上がろうとするが、体が右にかたむいたまま、どう踏ん張っても立ち上がれない。そのときはじめて、浪人はおのれの右脚がないのに気づいた。膝から下が断ち切られている。切り落とされた右脚は、二間（約三・六メートル）ばかり先の草むらの上にころがっていた。

脚の切断面からおびただしい血が噴出している。土手道にたちまちどす黒い血だまりができた。浪人はその血だまりの中で身をよじりながら苦悶《くもん》している。放っておけば、いずれ血を失って死んでゆくだろう。浪人は口をわなわなと震わせ、殺してくれといわんばかりに眼で訴えている。

そのさまを冷然と見下ろしていた唐十郎が、

「武士の情けだ」

いうなり、刀を逆手に持ち替えて、浪人の背中に突き刺した。

びくんと四肢が痙攣《けいれん》し、浪人はすぐに息絶えた。

柳の木の下に立ちすくんでいた二人の駕籠かきが、度肝をぬかれて一目散に奔《ほん》馳《ち》した。それを見送ると、唐十郎は駕籠に歩み寄り、手早く女の猿ぐつわといいましめを解いた。

「あ、ありがとう存じます」

女が小さな声で礼をいい、あわてて身づくろいをした。歳のころは二十七、八。器量は十人並みだが、透き通るように色の白い、清楚《せいそ》な感じの女である。

「何があったのだ？」

唐十郎が訊《き》いた。

「橋本町《はしもとちょう》四丁目のあたりで、いきなりあの二人に襲われまして……」

まだ恐怖が覚めやらぬのだろう。女の声は震えている。

女は日本橋馬喰町《にほんばしばくろちょう》二丁目の旅人宿《たびにんやど》『大黒屋《だいこくや》』の女房・お春《はる》と名乗った。

お春の話によると……、
あるじの宗兵衛《そうべえ》が懇意にしている町役人《ちょうやくにん》に初孫ができたと聞き、その祝いを届けるために手代の佐吉《さきち》を連れて家を出たところ、路地の暗がりから突然二人の浪人が飛び出してきて供の佐吉を殴り倒し、お春に襲いかかってきたという。

「そのあとのことはよく憶えていません。……気がついたら、猿ぐつわを嚙まされ、両手をしばられて駕籠の中に押し込められていたのです」

「あの浪人者に心あたりは？」

「まったくございません」

「そうか。こんな時分に女のひとり歩きは物騒だ。『大黒屋』まで送って行こう」

唐十郎は、刀の血ぶりをして鞘《さや》に納めると、先に立って歩き出した。

「あ、もし」

お春が小走りにあとを追いながら、

「お武家さまのお名前は……？」

「千坂……、唐十郎と申す」

背を向けたまま、唐十郎が応えた。お春はそれ以上何も訊かず、無言で唐十郎のあとについた。

ほどなく前方に新《あたら》シ橋が見えた。

橋の南詰を右に曲がり、そのまま真っすぐ歩をすすめると馬喰町に出る。

「馬喰町　諸国の利非の　寄るところ」

と川柳にあるように、馬喰町には、訴訟や裁判のために地方から出てきた者を宿泊させる「公事宿《くじやど》」とよばれる旅籠《はたご》（通称・旅人宿）が、百軒あまり軒《のき》をつらねていた。

『大黒屋』もその一軒である。間口六間、奥行十六間。馬喰町では三本の指に入る大きな「公事宿」で、あるじの宗兵衛は宿仲間の行事《ぎょうじ》（世話役）をつとめている。

屋号を記した軒行灯《あんどん》に灯《ひ》が入っていた。すでに夕食の時刻は過ぎたのだろう。これから外に遊びに行く者や、散策から帰ってきた者たちなどがあわただしく出入りしている。

唐十郎が宿の前で足を止めて、

「では」

と、踵《きびす》を返そうとすると、お春がすかさず袖《そで》をとって、

「よろしければ、お立ち寄り下さいまし。主人のほうからもあらためてお礼を……」

「礼にはおよばぬ」

「それでは、わたくしが困ります。何もおかまいできませんが、どうぞ」

「所用があるのだ。またの機会《おり》に寄らせてもらう」

「あ、あの……」

と、お春が懇願《こんがん》するように取りすがって、

「せめて、お住まいだけでも」

「神田多町の生薬屋《きぐすり》『橘屋《たちばなや》』方に店《たな》借りしている」

そっけなくいって、唐十郎は大股《おおまた》に立ち去っていった。と、そこへ、

「お内儀《かみ》さん！」

手代の佐吉が飛び出してきた。先刻の浪人どもに殴られた痕《あと》であろう。眼のまわりが青黒く腫《は》れあがっている。

「ご無事でしたか！」

「佐吉、おまえは……」

「旦那《だんな》さまが心配なさっています。ささ、中へ」

佐吉がお春の手をとって中へ連れ込む。

広い土間の右端に框《かまち》があり、奥に通じる廊下があった。廊下の突き当たりは、八畳の居間になっている。その部屋の長火鉢の前で、五十がらみの恰幅《かっぷく》のよい男が、苛立《いらだ》つように茶をすすっていた。『大黒屋』のあるじ・宗兵衛である。

「旦那さま、お内儀さんがもどってまいりました」

甲高《かんだか》い声とともに、襖《ふすま》ががらりと開いて、佐吉とお春が入ってきた。

「お春！」

宗兵衛がはじかれたように立ち上がり、

「よかった。無事でよかった」

お春の躰《からだ》をひしと抱きすくめ、まるで子供をあやすように頭を撫《な》でまわした。お春も幼子《おさなご》のように宗兵衛の胸に取りすがり、しゃくり上げるように嗚咽《おえつ》した。

この二人、親子ほども歳がはなれているが、れっきとした夫婦なのである。

お春は、もともと『大黒屋』の下働きの女だったが、三年前に宗兵衛の女房が病死したのち、宗兵衛に請《こ》われて後添《のちぞ》えに入ったのである。

先妻が病弱なたちで、子に恵まれなかったせいか、宗兵衛は二十三も歳のはなれたお春を女房というより、じつの娘のように可愛がっていた。そのお春の無事な姿を見て、

「何はともあれ、無事でよかった。本当によかった」

と、涙を流さんばかりによろこんでいる。お春もようやく落ち着きを取りもどして、千坂唐十郎と名乗る浪人に助けられたことや、宿まで送ってもらったことなどを、ぽつりぽつりと語った。

「で、そのご浪人さんは？」

「お立ち寄り下さるようお願いしたのですが、所用があるとおっしゃって……」

「住まいはお聞きしなかったのかい」

「神田多町の生薬屋『橘屋』さん方の店借りをしているとか」

「そうかい。じゃ、あらためてわたしがご自宅のほうにお礼にうかがうことにしよう」

眼を細めて、宗兵衛がいった。

二

そのころ……。

千坂唐十郎は、浅草元鳥越《あさくさもととりごえ》の盛り場の雑踏の中にいた。

料亭や小料理屋、居酒屋、煮売《にう》り屋などが軒をつらねる小路には、色とりどりの明かりが横溢《おういつ》し、その明かりにさそわれるように男たちが陸続《りくぞく》と群れ集まってくる。そのほとんどは蔵前《くらまえ》の札差《ふださし》の奉公人や、御蔵《おくら》屋敷の手代、下働きの男たちである。

小路の一角に『ひさご』の屋号を記した軒灯《のきび》が見えた。

間口二間ほどの小体《こてい》な料理屋である。

唐十郎は、紫紺《しこん》ののれんを割って、店の中に足を踏み入れた。十人も入れば一杯になるせまい店である。お店者ふうの男が三人、酒を酌《く》みかわしていた。

「いらっしゃいませ」

奥から女将《おかみ》のお喜和《きわ》が愛想笑いを浮かべて出てきた。歳は二十六、化粧栄えのする派手な面立ちの女である。

「夕飯はすんだんですか」

お喜和が小声で訊いた。

「ああ、茶漬けを食ってきた」

「二階にお酒の支度がととのってますから、どうぞごゆっくり」

「うむ」

うなずいて、唐十郎は奥の階段をのぼっていった。

二階は六畳の部屋になっている。お喜和はこの部屋で寝起きしているのである。

盆の上に徳利二本と猪口《ちょこ》がおいてあった。その前にどかりと腰を据《す》えると、唐十郎は手酌でちびりちびりと飲《や》りはじめた。

唐十郎が『ひさご』に出入りするようになったのは、昨年の暮れごろからである。蔵前の札差『武蔵屋《むさしや》』で蔵番《くらばん》の仕事をしていたとき、帰りがけにふらりと足

である。

　それから数日後、いつものように仕事帰りに『ひさご』に立ち寄ったさい、ちょっとした事件が起きた。三人の破落戸《ごろつき》どもが、酒に酔って大喧嘩《げんか》をはじめたのである。

　見かねた唐十郎が、三人をしたたかにぶちのめして店から叩《たた》き出した。ほかの客たちは喧嘩がはじまると同時に店を飛び出していった。店に残ったのは唐十郎とお喜和の二人きりである。

「女ひとりで店を切り盛りしていると、どうしてもああいう手合いに甘く見られてしまいましてねえ」

　割れた皿や小鉢を片付けながら、お喜和が嘆息をついた。

　お喜和の話によると、客同士の喧嘩や小ぜりあいは日常茶飯事で、中にはわざと暴れて小金《こがね》をせびっていくたちの悪い連中もいるという。

「できれば、旦那のような腕の立つご浪人さんに、にらみを利《き》かしてもらえれば助かるんですけど……」

　ひとしきり愚痴《ぐち》をこぼしたあと、お喜和はすがるような眼でそういった。つまり〝用心棒〟になってくれというのである。

「毎晩じゃなくてもいいんです。三日に一度ぐらい顔を出してもらえれば……」

「店にいるだけでいいのか」

「ええ。お手当ては……、たんとは出せませんけど、一晩二百五十文で」

二百五十文は銀一朱《いっしゅ》である。四日通えば一分《いちぶ》（一両の四分の一）になる勘定だ。

悪い話ではない。というより『武蔵屋』の蔵番の仕事が月末に契約切れになるので、むしろ唐十郎にとっては渡りに舟だった。

「わかった。引き受けよう」

唐十郎は快諾した。三日おきに『ひさご』に通い、六ツ半（午後七時）から四ツ半（午後十一時）まで、二階の部屋に詰めることにしたのである。

いつしか客の間では、お喜和に情夫《いろ》ができたらしいとのうわさが流れ、それ以来、店の中で騒ぎが起こるようなことは一度もなかった。

二本目の徳利を飲みほすと、唐十郎はごろりと横になって浅い眠りについた。

どれほど眠っただろうか。

トントントン……、と階段をのぼってくる足音で目が醒めた。

むっくり起き上がって煙草盆《たばこぼん》を引き寄せ、煙管《きせる》にきざみ煙草をつめたところへ、からりと襖が開いて、お喜和が入ってきた。

「店を閉めたのか」

「ええ、今夜はさっぱり客足が伸びないので、早々《はやばや》と閉めてきましたよ」

そういって、お喜和は唐十郎のかたわらにしんなりと腰を下ろし、

「お酒、もう一本つけましょうか」

上目づかいに訊いた。

「いや、酒はいい。一服つけたら引き揚げる」

唐十郎は行灯の火を煙管に移して、深々と吸い込んだ。

「ねえ、旦那、今夜はゆっくりしてって下さいな」

甘えるようにお喜和がしなだれかかる。

脂粉《しふん》の甘い香りが唐十郎の鼻孔をくすぐった。唐十郎は煙管の火を灰吹きに落とすと、いきなりお喜和の肩を抱きよせた。

されるがままに、お喜和が躰をあずけてくる。唐十郎の手が胸元にすべり込んだ。

やわらかく、ふっくらした乳房の感触が手のひらに伝わってくる。手にあまる

ほどの大きなふくらみである。そのふくらみをわしづかみにしてゆっくり揉《も》みしだく。

「あ、ああ……」

やるせなげに躰をくねらせながら、お喜和は自分で帯を解き、長襦袢《ながじゅばん》のしごき、をほどいた。はらりと着物が肩からすべり落ちる。白い、豊満な乳房があらわになった。

唐十郎は、お喜和の躰をそっと横たわらせ、乳房を口にふくんだ。舌先でころところがすように乳首を愛撫《あいぶ》する。たちまち乳首が硬直してくる。

着物の下前を開いて、二布《ふたの》（腰巻）をはぎ取る。むせるように女が匂った。股間《こかん》に黒々と秘毛が茂っている。二十六歳といえば女盛りである。腰にも太股《ふともも》にもたっぷり凝脂《ぎょうし》がのっている。

乳房を口にふくみながら、唐十郎は右手をお喜和の下腹にすべらせた。

はざまに手が伸びる。ふっくらと盛り上がった恥丘《ちきゅう》。絹のような手ざわりの秘毛。指先が切れ込みの小さな肉芽に触れた。女の一番敏感な部分である。

「あっ」

と、小さな声を発して、お喜和がのけぞった。唐十郎の指が秘孔に入った。肉ひだをかきわけて秘孔の奥へ侵入してゆく。中は熱く、うるんでいる。

「あ、いい……。そこ、そこ……」

あられもなく叫びながら、お喜和が躰をよじる。

指先でしばらく秘孔を愛撫したあと、唐十郎はしずかに躰を離して立ち上がり、衣服を脱いだ。筋骨隆々、鋼《はがね》のようにたくましい躰である。手早く下帯もはずした。一物がそり返らんばかりに屹立《きつりつ》している。

「あ、そのまま」

といって、お喜和がふいに躰を起こし、唐十郎の前にひざまずいた。

唐十郎は突っ立ったまま、黙って見下ろしている。

お喜和は左手を唐十郎の股間にすべり込ませ、やさしくふぐりを揉みながら、右手で屹立した一物をしごきはじめた。絶妙な指技である。そり返った一物がさらに猛々《たけだけ》しく怒張し、脈打ちはじめた。

お喜和はいとおしげにそれを口にふくんだ。唇をすぼめて出し入れしながら、舌先で尖端《せんたん》をなめ回す。峻烈《しゅんれつ》な快感が唐十郎の躰をつらぬいた。あやうく炸裂《さくれつ》しそうになる。

「い、いかん！」

　唐十郎は、あわてて引きぬいた。お喜和がしなやかな手つきで一物を愛撫しながら、うらめしげに唐十郎を見上げ、

「口の中で出して下さればいいのに……」

　といった。

「いや、まだ早い……。今度はおまえを楽しませてやる」

「どうすればいいんですか」

「両手をつけ」

　いわれるまま、お喜和は両手をついた。四つん這《ば》いの恰好である。

　唐十郎はその背後に膝をついて、むっちりした尻をつかみあげた。尻の割れ目から薄桃色の切れ込みがあらわに見える。

　怒張した一物の尖端をそこにあてがい、下から上へ二、三度こすりつける。壺口がしとどに濡《ぬ》れている。尖端が十分に濡れたところで一気に挿しこむ。つるりと入った。

「あっ、ああ……！」

　よがり声をあげて、お喜和が大きくのけぞる。唐十郎はお喜和の腰に手をまわして、うしろから激しく突きあげた。突くたびに、ずんずんとお喜和の躰が前に

のめる。

「だ、旦那……、あ、だめ……、落ちる。落ちる……」

お喜和は、もう半狂乱である。髪《かみ》を振り乱し、歓喜の悲鳴をあげ、忘我の境《さかい》で狂悶している。唐十郎も極限に達していた。

「は、果てる！」

いいざま、一物を引きぬいた。と同時に、一物の尖端から白濁した淫液《いんえき》が泡沫となって放射され、お喜和の白い背中に飛び散った。

「はあー」

深い吐息をついて、お喜和は畳の上に突っ伏した。尻の肉がひくひく痙攣している。

唐十郎も放心したように、お喜和のかたわらに仰臥《ぎょうが》した。

全裸のまま、二人はしばらく死んだように弛緩《しかん》していたが、やがて、

「ねえ、旦那……」

お喜和が気だるげに上体を起こして、唐十郎の胸に顔をうずめ、

「旦那とは、もうかれこれ三月《みつき》あまりの付き合いになりますけど……、よく考えてみたら、わたし、旦那のことを何も知らないんです」

右手で唐十郎の萎《な》えた一物を愛撫しながら、つぶやくようにいった。

「何が知りたい？」

「郷里《くに》はどこなんですか」

「美濃《みの》だ。美濃の大垣《おおがき》……」

美濃大垣藩は戸田《とだ》氏十万石の譜代《ふだい》中藩である。現在の藩主は六代・戸田氏英《うじひで》。

三年前まで、唐十郎は大垣藩で徒士頭《かちがしら》をつとめていた。百二十石の中級藩士である。

「なぜお侍を辞めたんですか」

「事情《わけ》があって、脱藩《だっぱん》したのだ」

唐十郎は、はじめてお喜和に自分の過去を打ち明けた。

「……おれには将来《すえ》を約束した許嫁《いいなずけ》がいた」

大垣藩郡奉行《こおりぶぎょう》配下の在方下役人《ざいかたしたやくにん》・山根忠左衛門《やまねちゅうざえもん》の一人娘・登勢《とせ》という女である。

二人の交際は四年におよんだ。

唐十郎が登勢との結婚を考えたのは二十七のときだった。両親と死に別れて家《か》督《とく》をついだのを契機に身を固めようと決意したのである。

ところが、すでに登勢は郡奉行・倉橋監物《くらはしけんもつ》の息子・源吾《げんご》のもとに嫁いでいた。父親のすすめで、いやおうなく嫁がされたのである。誰の眼にも明らかな政略結婚だった。

実際、登勢が嫁いだあと、父親の山根忠左衛門は在方下役人から郡奉行所の手代に昇格している。

――これが現実なのだ。

おのれにそういい聞かせながら、唐十郎は登勢への想《おも》いを断ち切った。

それから二年後、大垣城下で偶然登勢と再会した。買い物の帰りらしく、手に小さな袱紗《ふくさ》包みをかかえていた。その姿に匂うような新妻の色香がただよっていたことを、唐十郎はいまでも鮮明に憶えている。

唐十郎は眼も合わさずに立ち去ろうとしたが、追いすがってきた登勢に、

「一度お会いして、お詫《わ》びを申し上げたかったのです。このままでは生涯、わたくしの心に悔いが残ります。ぜひお話だけでも……」

と懇願されて、

「それで登勢どのの気がすむなら……」

と、未練に引きずられて近くの料理茶屋に入った。それがそもそも間違いのも

とだった。二人は気づかなかったが、たまたま料理茶屋の前を通りかかった郡奉行の配下に目撃されてしまったのである。

その一件は、ほどなく登勢の夫・倉橋源吾の耳に入った。偏執的《へんしつ》で猜疑心《さいぎしん》のつよい源吾は、唐十郎と登勢の仲を邪推して嫉妬《しっと》に狂い、

「そなた、不義密通を犯したであろう。正直に申せ!」

烈しく登勢を責めたてた。むろん登勢には身に覚えのないことである。必死に潔白を訴えたが、源吾は耳を貸そうともせず、

「それほど昔の男が恋しいか!」

あたりはばからず怒鳴り散らし、あげくの果ては殴る蹴《け》るの暴力をふるう始末。

登勢にとって、毎日が針の筵《むしろ》だった。そしてついに、夫の嫉妬に堪えかねた登勢は、屋敷の裏庭の欅《けやき》の木で首をくくって自害してしまったのである。倉橋家では、登勢の死を「病死」として内々に処理したが、

〈人の口に戸は立てられぬ〉

の、諺言《げんげん》どおり、そのうわさは数日後に唐十郎の耳にも伝わった。

――登勢が自害した。

胸が張り裂けんばかりの悲しみが込みあげてきた。

その悲しみは、やがて倉橋源吾に対する怒りに変わっていった。登勢を自害に追い込んだ直接の原因が、源吾の邪推と嫉妬によるものだと知ったからである。

――許せぬ。

烈々たる怒りが、唐十郎の胸に燃えたぎった。

登勢の死の真相を知ったその日の夕刻、唐十郎は裁付袴《たっつけばかま》をはき、手甲脚絆《てっこうきゃはん》に身を固め、腰に二刀をたばさんで組屋敷を出た。

向かった先は、倉橋源吾の屋敷である。

門前の赤松の老樹の陰に身をひそめて、待つこと半刻（一時間）。

下城の源吾が供侍二人をしたがえて、夕闇の中から姿をあらわした。その前に唐十郎がぬっと立ちふさがった。

「おぬしは！」

思わず源吾が足をとめた。

「待っていたぞ、源吾」

「お、おれに何の用だ」

「登勢どのの無念を晴らしにきた」

「ま、待て！」

源吾が数歩あとずさった。唐十郎が藩内きっての直心影《じきしんかげ》流の遣い手であることを、源吾は知っている。立ち合って勝てる相手ではなかった。

「ご、誤解するな。登勢は……、や、病で死んだのだ。おれのせいではない！」

「いいわけ無用！」

唐十郎が抜刀した。

「き、気まよったか、貴様ッ！」

「貴様も抜け」

「ええい、斬れ、斬れいッ！」

源吾がわめいた。二人の供侍が刀を抜きはなって、猛然と斬り込んできた。

しゃっ！

唐十郎の刀が一閃《いっせん》した。夕闇に何かが高々と舞い上がった。供侍の腕が刀をにぎったまま両断されて宙に飛んだのである。

唐十郎は地を這うように背をかがめて走った。走りながら下から薙《な》ぎあげた。

「うわッ」

もう一人が悲鳴をあげてのけぞった。逆袈《ぎゃくげ》裟《さ》の一刀がその侍の胸を切り裂いていた。

「た、頼む。い、命だけは助けてくれ」

源吾が手を合わせて命乞いをする。

「見苦しいぞ、源吾」

いうなり、振りあげた刀を叩きつけるように打ちおろした。真《ま》っ向唐竹割《こうからたけわ》りである。

がつん！

と鈍い音がして、刀刃が源吾の頭蓋《ずがい》を打ち砕いた。顔面が血に染まり、白い脳漿《のうしょう》が飛び散る。声も叫びもなく、源吾は朽木《くちき》のように倒れ伏した。

刀の血ぶりをして鞘におさめると、唐十郎は何事もなかったように悠然と背を返して、足早にその場を立ち去った。

その日を最後に、大垣城下から唐十郎の姿は消えた。


「それから三年……」

畳の上に仰臥したまま、唐十郎が語をつぐ。

「信濃《しなの》、越後《えちご》、上州《じょうしゅう》と流浪の旅をつづけ、去年の暮れ、江戸に流れついた」

「まだ未練があるんですか」

お喜和がぽつりと訊いた。その間も、お喜和の指は唐十郎の一物を愛撫している。

「未練？」

「登勢って女《ひと》に……」

「おれは……、三年前に何もかも捨てた。家名も、家禄も、藩籍も、そして登勢への未練も……。さらにいえば、名前もだ」

「名前も？」

「倉橋の一族から仇《かたき》としてつけねらわれる身だからな。本名を名乗るわけにはいかんのだ」

「じゃ、千坂唐十郎って？」

「変名だ。本名は……、田坂清十郎《たさかせいじゅうろう》」

「そう……。でも、旦那には『千坂唐十郎』って名前が似合ってますよ」

「おれも気に入っている」

「あら、旦那」

お喜和の眼が唐十郎の股間に吸いついた。

「どうした？」

「もう、こんなに元気になって」

唐十郎の一物がふたたび硬直している。

「ねえ、旦那……、もう一度、いい？」

お喜和が媚《こ》びるような笑みを浮かべていった。唐十郎は無言でうなずいた。

「旦那はそのままで」

といって立ち上がり、唐十郎の下腹にまたがると、お喜和はゆっくり腰を沈めた。垂直にそそり立った一物が、お喜和の秘孔に深々と埋没してゆく。

「あ、ああ……、いい……」

喜悦の声をあげながら、お喜和は激しく腰を上下に律動させた。下腹からしびれるような快感がわきたってくる……。

三

その夜は一睡もせず、お互いの躰を食らいつくすように、明け方まで媾合《まぐわ》った。

ひさしぶりに濃厚な交わりだった。

一夜のうちに、唐十郎は三度も精をはなっている。

情事の余韻と心地よい疲労感にひたりながら、唐十郎は神田多町の自宅にもどり、蒲団《ふとん》にもぐりこむやいなや、泥のように眠りこけた。

夢もむすばぬほど深い眠りだった。

「ごめん下さいまし」

男の声を聞いたような気がしたが、唐十郎はまだ半醒半睡《はんせいはんすい》の中にいた。

「ごめん下さいまし。千坂さまはご在宅でございましょうか」

今度は、はっきりと男の声を聞いた。

思わずはね起きて、部屋の中を見まわした。障子にまばゆいばかりの陽差しが映えている。手早く身づくろいをして玄関に出ると、戸口に半白頭《はんぱく》の小柄な男が立っていた。

「お寝《やす》みでございましたか」

男が申しわけなさそうな顔で唐十郎を見た。

「ちょうどいま起きたところだ。何の用だ？」

「手前は馬喰町の旅人宿『大黒屋』の番頭で与平《よへい》と申す者でございます」

「ああ、『大黒屋』か」

「昨夕は、手前どもの内儀が一方ならぬお世話になりました」

「わざわざ礼をいいにきたのか」

「表に駕籠を待たせてあります。よろしければ日本橋までお運びいただきたいのですが」

「日本橋？」

「堀留《ほりどめ》の料亭『花邑《はなむら》』でございます。手前どものあるじが、ぜひ千坂さまと中《ちゅう》食《じき》を共にしたいと……」

「もう、そんな時刻か」

「四ツ半（午前十一時）をまわっております」

「そうか」

唐十郎は急に空腹を覚えた。考えてみれば、昨夕家を出るときに茶漬けを流し込んだだけで、その後は何も腹に入れていない。

「せっかくの厚意だ。遠慮なく招《よ》ばれよう」

雪駄《せった》をはいて表に出ると、一挺《ちょう》の町駕籠が待機していた。与平がすかさず簾をはねあげて、唐十郎を駕籠に乗せ、

「じゃ、よろしくお願いします」

と、駕籠かきに駕籠代と心付けを手渡して、見送った。

料亭『花邑』は、伊《い》勢《せ》堀《ほり》に架かる道浄橋《どうじょうばし》の北詰、堀留一丁目の西角にあった。粋《すい》美《び》をこらした数《す》寄《き》屋《や》造《づく》りの二階家で、周囲は黒板塀でかこわれている。

駕籠をおりて、檜《ひ》皮《わだ》葺《ぶき》門《もん》をくぐり、踏み石をつたって玄関に行くと、仲居が待ちうけていて、唐十郎を二階座敷に案内した。

「わざわざお運びいただきまして、恐縮に存じます。『大黒屋』のあるじ・宗兵衛にございます」

宗兵衛が両手をついて、唐十郎を迎え入れた。座敷にはすでに豪華な膳部がととのっている。その前に着座するなり、唐十郎はしげしげと宗兵衛の顔を見て、

「ほう、あんたがお春さんの亭主か」

意外そうにいった。

「いやァ、お恥ずかしいしだいですが、先妻と死別したあと、手前どもの宿で働いていたお春に、手前のほうからぜひにと拝み倒して後添えに入ってもらったのです」

「ま、女房は若いに越したことはない。艶福家《えんぷくか》だな、あんたは……」

「恐れいります」

照れるように笑って、宗兵衛は頭をかいた。押し出しがよく、一見したたかな面がまえをしているが、笑うと存外愛嬌《あいきよう》があって、眼もとに誠実そうな人柄がにじみ出る。

「千坂さまは家内の命の恩人でございます。あらためて手前のほうからも御礼を申しあげます」

「それより大黒屋、どうも腑《ふ》に落ちぬことがあるのだが……」

「と申されますと？」

「あの浪人どものねらいだ。女に悪さをするつもりなら……、何も人の女房をねらわなくてもよかったはずだが……」

お春よりも若くて、器量のいい女はざらにいる。……といいたかったが、さすがに口には出さなかった。どうやら宗兵衛も同じことを考えていたらしく、唐十郎の疑問に明快に応えた。

「お春を誘拐《かどわか》して、手前どもから身代金でもせしめる魂胆《はら》だったのではないでしょうか」

「なるほど」

それなら話はわかる。わずかな金を得るために辻斬りや追剝《おいはぎ》、押し込みなどに手を染める凶悪な浪人どもが、江戸には掃いて捨てるほどいる。身代金目当てに商家の女房を誘拐する浪人がいてもふしぎではないご時世なのだ。

「ところで……」

と、宗兵衛が酌をしながら、

「これをご縁に、千坂さまに折入ってお願いしたいことがございます」

「どんなことだ？」

「その前に、手前どもの『公事宿』についてご説明させていただきます」

唐十郎は四カ月前に江戸に出てきたばかりである。「公事宿」に関する知識は、ほとんど皆無といってよかった。

時は、延享《えんきょう》元年（一七四四）三月、八代将軍・徳川吉宗《とくがわよしむね》の治世である。

吉宗は元禄《げんろく》以来の華美・放漫な政道をあらため、逼迫《ひっぱく》した幕府の財政を建て直すために徹底した緊縮政策や制度改革を断行した。世にいう「享保《きょうほう》の改革」である。

吉宗の治績の中でも、特筆すべきことは、法制の改革にあった。

二年前の寛保《かんぽう》二年（一七四二）には、江戸時代最初で最大の法典「公事方御《くじがたお》定書《さだめがき》」を編纂《へんさん》し、訴訟手続きの規則を定めた。公事とは、裁判の意味である。

この法制改革によって訴訟手続きがより簡素化され、一般庶民の訴訟件数は飛躍的に増加したのである。

とはいえ、訴訟の手続きには一定の約束ごとがあり、無学無筆《むひつ》の町民や地方から出てきた田舎者《いなかもの》にとって、訴訟手続きはやっかいこの上なかった。

そこで旅人宿の主人が訴訟人の相談にのり、訴状や上疏《じょうそ》（上書《じょうしょ》）などを兼筆《けんぴつ》するようになったのである。

訴訟の内容によって、公事宿が関わる役所は次の四カ所にわかれていた。
一、町奉行所。
一、公事方勘定奉行所。
一、寺社奉行所。
一、馬喰町郡代《ぐんだい》屋敷《やしき》。
これらの役所にとっても、旅人宿が訴訟手続きの代行をしてくれれば、それだけ手間がはぶけるので、幕府は旅人宿の公事訴訟代行を公認するようになった。

それが「公事宿」の濫觴《らんしょう》である。

江戸の公事宿は、大別して旅人宿と百姓宿の二つがあり、両者をふくめて「江戸宿」とも称した。旅人宿は日本橋馬喰町に百軒前後が集中し、百姓宿は八十二軒組、三十軒組、十三軒組の三組にわかれ、それぞれ株仲間を形成していた。

宗兵衛の宿でとりあつかう公事訴訟の大半は、「出入物《でいりもの》」とよばれる民事事件で、わけても金銭貸借のもつれなどによる「金公事《かねくじ》」が九割方をしめていた。ところが……、

「ごくまれに、手前どもではとても手に負えぬような『吟味物《ぎんみもの》』が持ち込まれてきまして……」

宗兵衛が眉宇《びう》をよせていう。「吟味物」とは、現代でいう刑事事件のことである。

「手に負えぬというと？」

唐十郎が訊き返した。

「御番所（町奉行所）でもお取り上げくださらぬような面倒な公事訴訟でございます」

「つまり、法の網《あみ》からこぼれ落ちた事件《やま》、ということか」

「さようでございます」

「で、宿としてはその訴えにどう対応しているのだ?」

「残念ながら、対応する手だてはございません。ことごとくお断り申しあげております」

「結局、その連中は泣き寝入りというわけか」

宗兵衛は、暗澹《あんたん》とうなずきながら、

「そこで、千坂さまにお願いと申しますのは……」

といって急に居住まいを正し、

「わらをもすがる思いで手前どもの宿に駆け込んでくる訴訟人を、すべてとは申しませんが……、せめて一人なりとも泣き寝入りさせぬために、ぜひ千坂さまのお力添えをいただきたいのです」

ひれ伏すように頭を下げた。

「おれのような素浪人に、いったい何ができるというのだ?」

「千坂さまには剣の業前《わざまえ》がございます」

「人を斬れというのか」

「世の中には、法で裁けぬ悪事、法で晴らせぬ怨《うら》みが山ほどございます。そうした悪事や怨みを〝闇〟で始末していただきたいのです」

「危ない橋だな」
唐十郎がするどい眼で見返した。
「おれの身に万一があれば、あんたも一蓮托生《いちれんたくしよう》だぞ」
「もとより覚悟の上でございます」
きっぱりと宗兵衛が応えた。温和な顔に似合わず、この男は腹が据わってい
る。
「しかし、なぜ、それほどまでに……」
「手前は……、先代から『大黒屋』ののれんを引きついで三十年になります。そ
の間、法で裁けぬ悪事や理不尽な事件に巻きこまれて、悲惨な末路をたどった
人々の姿を数かぎりなく見てまいりました。この世に怨みを残したまま、みずか
ら命を絶った人も少なくはございません。……曲がりなりにも、法にたずさわる
『公事宿』のあるじとして、そうした人々を助けてやれなかった慚愧《ざんき》と痛恨の念
が、この三十年間、手前の胸の底に澱《おり》のようにこびりついて離れませんでした」
「………」
「いつかきっと、その罪ほろぼしを、と……」
心ひそかにその機会を図っていたという。宗兵衛は、あらためてその決意を示

すかのように、キュッと唇を嚙みしめた。

「なるほど、それでおれに白羽の矢を立てたというわけか」

「ご無礼を承知でお願いにあがりました。もしお気に障《さわ》られましたら、手前の心意気に免じてご容赦くださいまし」

「………」

唐十郎は、空《から》になった猪口に酒をついで一気に飲みほして、

「その心意気、気に入った」

ふっと笑ってみせた。その笑みが了解を表していることはいうを俟《ま》たない。

「では……？」

「引き受けよう。ただし」

と、いいさすのへ、

「心得てございます。かような仕事をただでお願いするつもりは毛頭ございません。〝裏公事〟一件につき始末料五両。むろん仕事の内容によっては、さらに上積みさせていただきます」

この不景気なご時世に、五両の報酬は破格といっていい。もちろん、唐十郎に断る理由はなかった。

「些少《さしょう》ではございますが……」

と、宗兵衛が持参した袱紗包みを差し出した。

「家内を助けていただいたお礼と当座の費用《ついえ》でございます。どうぞご笑納くださいまし」

「すまんな。遠慮なくちょうだいする」

手にとってみると、ずっしりと重い。二十両はあるだろう。唐十郎はその袱紗包みを無造作にふところにねじ込んだ。

四

それから十日もたたぬうちに、さっそく『大黒屋』から〝仕事〟が舞い込んだ。
宗兵衛からの直接の依頼ではなく、番頭の与平が依頼の書状を届けにきたのである。
その書状によると……、
訴え人は甲州《こうしゅう》韮崎《にらさき》の百姓・巳之吉《みのきち》という三十二歳の男で、訴えの内容は、神田須田町で『三升屋《みますや》』という乾物屋《かんぶつ》をいとなんでいた兄の長次郎《ちょうじろう》が、ふた月ほど前に忽然《こつぜん》と姿を消し、いつの間にか『三升屋』が人手に渡ってしまったというのである。

不審に思った巳之吉は、月番の北町奉行所に探索を願い出たが、

「嫌疑を裏付けるだけの証拠がない」

と門前払いを食わされ、思いあまって『大黒屋』に相談にきたという。

書状の末尾に、

「子細《しさい》は、馬喰町三丁目の付木屋《つけぎや》『稲葉屋《いなばや》』重蔵《じゅうぞう》にお訊《たず》ねくださいますよう、右、よろしくお願い申しあげます」

と、記してあった。

(『稲葉屋』重蔵？)

けげんに思いながら、唐十郎は身支度をととのえて家を出た。

馬喰町三丁目の表通りから一本裏に入った横丁に、付木屋『稲葉屋』はあった。

間口二間半ほどの小さな店である。

腰高障子に「つけぎ」の文字が筆太に記されている。

どういうわけか、馬喰町には付木屋が多く、江戸の市民からは「馬喰町付木」の名で親しまれていた。

ちなみに付木とは、杉や檜《ひのき》をうすく削った木片の一端に硫黄《いおう》を塗ったもので、火のつきがよく、竈などに火を焚《た》きつけるときに用いる、現代のマッチのようなものである。

腰高障子を引き開けて中に入ると、奥の板敷きで付木に硫黄を塗っていた四十五、六のずんぐりした男が振り返り、うろんな眼で唐十郎を見た。頭髪が薄く、額が庇《ひさし》のように突き出ている。その奥にするどく光る小さな眼があった。見るからに日当たりの悪そうな面貌のこの男が、あるじの重蔵らしい。

「付木の御用ですかい？」

男が嗄《か》れた声で訊いた。

「千坂唐十郎と申す者だ」

「千坂さま！」

男の表情が一変した。ぱっと腰を浮かすなり、

「話は『大黒屋』の旦那から聞いておりやす。どうぞ、おかけくださいまし」

と、上がり框に座蒲団をおいて、

「はじめてお目もじいたしやす。『稲葉屋』重蔵と申しやす」

丁重に頭を下げた。会釈《えしゃく》を返して、唐十郎は上がり框に腰を下ろした。

「本題に入る前に、おまえと『大黒屋』の関わりを聞いておきたいのだが」

「へえ」

火鉢の鉄瓶《てつびん》の湯を急須《きゅうす》にそそぎながら、重蔵がとつ、とつ、と語りはじめた。

「『大黒屋』の旦那とは、もうかれこれ十年の付き合いになりやす」

いまでこそ、付木屋のあるじとして堅気《かたぎ》の暮らしをしているが、十年前の重蔵は「夜鴉《よがらす》小僧」の異名をとる名うての盗賊だった。

そのころ、美濃大垣藩に士籍をおいていた唐十郎は、当時の江戸の事情を知るよしもないが、江戸市民にとって怪盗・夜鴉小僧の名は、まだ記憶に新しい。

何よりも、その大胆不敵な盗みの手口が人々の度肝をぬいた。

夜鴉小僧がねらう相手は大名・旗本や富商・富農ばかりで、しかも決して人を殺《あや》めず、いかなる堅牢《けんろう》な蔵も寸秒で破ってしまうという、まさに神業のような手口だった。

南北両町奉行所は、躍起《やっき》になって夜鴉小僧の行方を追った。

当時の南町奉行は、名判官の声望高い大岡越前守忠相《おおおかえちぜんのかみただすけ》である（二年後の元文《げんぶん》元年、越前守は寺社奉行に昇進している）。

その大岡越前守直々の指揮のもと、南町奉行所は総力をあげて探索に乗り出したが、それをあざわらうかのように、夜鴉小僧は神出鬼没の犯行を重ねていった。

そんなある夜……、

「盗みに入った旗本屋敷の庭で、うっかり鳴子縄《なるこなわ》に足を引っかけちまいやしてね」

重蔵が苦笑まじりに述懐する。たまたま付近を巡回していた町奉行所の捕方《とりかた》たちが鳴子の音を聞いて、駆けつけてきたのである。

重蔵は必死に逃げた。あちこちで鋭い呼子《よびこ》の音が闇を裂き、重蔵の逃げる先々に御用提灯の明かりが怒濤《どとう》のごとく押し寄せてきた。

逃げ場を失った重蔵は、とある旅籠の塀を乗り越えて屋内に飛び込んだ。

「――その旅籠が『大黒屋』だったというわけか」

唐十郎が訊いた。

「へい」と重蔵がうなずいて、話をつづける。

忍び込んだ部屋は、宗兵衛の寝間だった。突然侵入してきた盗っ人装束の重蔵

に、宗兵衛はまったく動じる気配もみせず、

「ま、座りなさい」

と、おだやかに声をかけ、

「どうやら夜鴉小僧も年貢の納めどきがきたようだな。このさい盗っ人稼業からきっぱり足を洗って、まっとうな商《あきな》いでもはじめたらどうかね」

じゅんじゅんと諭《さと》した上、おまえさんにその気があるならと、更生するための資金まで与えてくれたのである。

そんな宗兵衛のふところの深さと篤実《とくじつ》な人柄に心服した重蔵は、その場で足を洗う決意をし、数日後、馬喰町三丁目に空《あ》き店《だな》を見つけて、付木屋を開業したのである。

「もっとも『付木屋』ってのは、あくまでも表向きの商売でしてね」

「表向き？」

「今のあっしは、『大黒屋』の下座見《げざみ》をつとめておりやす」

下座見とは、本来、江戸城の見附《みつけ》や番所の下座台で、諸大名・老中・若年寄などの行列の通過・往来を見て下座の注意を与える足軽《あしがる》のことをいうが、それが転じて、世間の情報に通じた者、あるいは特定の業界の消息に通暁《つうぎょう》した者を下座

見と称するようになった。現代《いま》ふうにいえば「情報屋」である。

盗っ人上がりの重蔵にとって、公事訴訟に関する探索活動や情報収集は、お手のものであろう。『大黒屋』にとっても重宝な存在にちがいない。番頭の与平が届けにきた書状に、

「子細は、馬喰町三丁目の付木屋『稲葉屋』重蔵にお訊ねくださいますよう、右、よろしくお願い申しあげます」

と記してあった意味も、それでうなずけた。唐十郎はその書状を重蔵に示し、

「この一件、どこまで調べがついてるんだ？」

と、訊いた。

「『三升屋』を買い取ったのは、久兵衛《きゆうべえ》という男でしてね。ちゃんとした手続きを踏んで店を買い取ったそうで……、その証《あかし》に久兵衛は沽券《こけん》も持っておりやす」

沽券とは、現代の不動産権利書のようなものである。

「その沽券は、長次郎から直《じか》に買い取ったものなのか？」

「いえ、仲立ちをした者がいたそうで」

「仲立ち？」

「又三《またぞう》って男です。妙なことに店の売買が成立したあと、そいつは姿を消してや

す」

　奇妙なのは、それだけではなかった。

　重蔵の話によると、長次郎が姿を消す数カ月前から、玄人《くろうと》筋らしい女が出入りしていたという。その女も『三升屋』が久兵衛の手にわたる直前に姿を消しているのである。

「そうか……」

　唐十郎が険しい顔でうなずいた。

「ひょっとすると、その女と又三がグルになって『三升屋』を乗っ取ったのかもしれんな」

「へえ」

「姿を消した長次郎ってのは、どんな男なのだ?」

「十四、五年前に甲州韮崎から江戸に出てきて日本橋の魚河岸《うおがし》で働いていたそうです。神田須田町に店をかまえたのは五年ほど前だそうで。……酒も煙草もやらず、裸一貫であれだけの身代《しんだい》を築いたんですから、相当の苦労人なんでしょうねえ」

「その苦労人が、性悪《しょうわる》女に手玉にとられたあげく、家作身代を根こそぎ持っていかれた……。大方、そんな筋書きだろうな」

「目下、その女と又三の行方を捜しているところです。何かわかりやしたら、すぐお知らせにあがりますので」

「おれの住まいは知っているのか」

「『大黒屋』の旦那から何もかも聞いておりやす。今後は千坂さまのご家来になったつもりで働いてくれと、くれぐれも申しつかりやした」

「そうか。おまえが手足となって働いてくれれば心強い。吉報を待ってるぞ」

いいおいて、『稲葉屋』をあとにした。

帰途、唐十郎は神田須田町に足をむけた。

須田町から自宅のある多町までは、指呼《しこ》の距離である。

『三升屋』は、日本橋から筋違《すじかい》橋御門へ南北に走る大通りの北はずれ、須田町二丁目の辻角にあった。

店の看板はすでに代わっており、足袋《たび》屋『九十九屋《つくもや》』の看板がかかげられている。

敷地は十五坪、間口三間ほどの小さな店がまえだが、場所は一等地といっていい。土地と家作で五百両は下らないだろう。

唐十郎は、さりげなく『九十九屋』の店先に立って、のれんの隙間《すきま》から中をのぞき込んだ。あるじらしい五十がらみの男が帳簿格子の中で十露盤《そろばん》をはじいている。

頬《ほお》がふっくらして、目尻がたれ下がり、見るからに人の好さそうな顔をしている。重蔵がいったとおり、長次郎を騙《だま》して店を乗っ取るような男には見えなかった。

五

『九十九屋』の店先から立ち去ろうとしたときである。

唐十郎の肩に触れんばかりに、黄八丈《きはちじょう》の着物を着た若い女が、かたわらを通りすぎて行こうとした。その瞬間、

「あっ」

と、女が小さな声をあげて振り向いた。女の右手がむんずとつかまれている。

「は、放しておくれよ！」

つかまれた女の右手には、唐十郎の財布がにぎられていた。

「そうはいかん。来い」

女の手をつかんだまま、唐十郎は引きずるように路地裏に連れ込んだ。

「かんべんしてください。ほんの出来心なんです。もう二度としませんから、見逃してください。お願いです」

いまにも泣き出さんばかりに女が哀訴《あいそ》した。よく見ると、目鼻だちのととのった美形である。歳は十八、九だろうか。勝気そうな顔をしているが、どことなくまだ幼さを残している。

「出来心にしては手つきがあざやかだったぜ」

「ほ、本当です。つい魔が差してしまったんです。どうかご慈悲を……」

「相手が悪かったな。おれに泣き落としは通用せん」

「ああ、そうかい」

開き直るように、女は不敵な笑みを浮かべた。

「だったら好きなようにするがいいさ。煮て食うなり、焼いて食うなり……。それとも抱いてみるかい？」

「歳はいくつだ？」

「十八。こう見えても男は知ってるよ」

「名は何という」

「お仙《せん》。……洲走《すばし》りのお仙といや、ちっとは名のしれた巾着切《きんちやくき》りさ」

「よし、抱いてやろう」

「え」

「望みどおり抱いてやる。さ、来い」

お仙の手をとって、唐十郎は大股に歩き出した。

「ちょ、ちょっと待っておくれよ。旦那」

「つべこべいわずにくるんだ」

うむをいわせず、お仙を引っ立てた。

須田町二丁目の路地を東にぬけると、小柳《こやなぎ》町という町屋に出る。その一角に『井筒《いづつ》』の看板をかかげた貸席をかねた古い料理屋があった。

唐十郎は、お仙を連れて『井筒』の二階座敷に上がった。

この店は、男と女の密会場所に使われているらしく、次の間に、ふた流れの蒲団がしきのべてあった。年増の仲居は酒と香の物を運んできたきり、二度と姿をあらわさない。気を利かしたつもりなのだろう。

唐十郎は徳利の酒を猪口についで飲んだ。つい先刻の威勢のよさとは打って変わって、お仙はおびえるように部屋のすみにうずくまっている。

「旦那、本気であたしを抱くつもりなのかい?」

それには応えず、唐十郎は懐中から財布を取り出して、ポンと畳の上に投げ出した。

お仙はけげんそうな顔でその財布を見た。

「財布の中には、十両の金子《きんす》が入っている」

「…………」

その意味が、お仙にはまだ理解できない。

「定法《じょうほう》では十両盗めば打ち首獄門《ごくもん》と定められている」

「打ち首!」

お仙の顔からサッと血の気が失せた。

「おれに抱かれるか、獄門台に送られるか……。決めるのは、おまえだ」

「…………」

お仙が観念したように眼を伏せた。

「──旦那には、負けたよ」

唐十郎は黙々と猪口をかたむけている。

「さっさと抱くがいいさ」

「着物を脱げ」

一瞬、お仙はためらうように視線を泳がせたが、覚悟を決めたように立ち上がり、黄八丈を脱ぎはじめた。その下は眼にしみるような緋《ひ》色の長襦袢である。

唐十郎は猪口をかたむけながら、じっとその様を見ている。

長襦袢を脱ぎ捨て、二布（腰巻）ひとつの姿になった。白磁のようにつややかな肌、小ぶりだが張りのある形のいい乳房、くびれた腰。意外に尻のまわりの肉《しし》おきはよい。

お仙は最後の二布もはずした。股間があらわになる。幼女のようにつるんとした恥丘の下に、申しわけ程度の薄い秘毛が生えていた。

「おれのそばに来い」

命じられるまま、お仙は唐十郎の前に立った。ちょうど唐十郎の眼の高さに、お仙のはざまがある。薄い秘毛の奥に、かすかに桃色をおびた切れ込みが見えた。

「あっ」

お仙の口から小さな声がもれた。唐十郎の指が秘孔に入ったのである。キュッと壺口が締まった。絶妙な緊迫感が指につたわってくる。

お喜和の成熟したその部分にくらべると、お仙のそれは青い果実のように生硬な感じがいなめなかった。だが、若いだけに感度は抜群である。指先のわずかな動きにも敏感に反応し、じわっと露がにじみ出てくる。

指先でしばらく秘孔をなぶったあと、唐十郎はいきなりお仙のはざまに顔をうずめて、舌先で切れ込みの肉ひだを愛撫した。

「あ、ああ……」

お仙が絶え入るような声をあげはじめた。

唐十郎の唇は、はざまから腹部へと這いあがり、へそのまわりをなめまわして、胸のふくらみへと移ってゆく。乳首を口にふくんでかるく噛んだ。

「あーッ」

ほとんど悲鳴にちかい声を発して、お仙は上体を弓なりにのけぞらせた。

唐十郎は手ばやく袴を脱ぎ捨てた。

着物の下前を左右に押しひろげて、下帯をはずし、畳の上にあぐらをかく。怒張した一物が股間に垂直にそそり立っている。

両手でお仙の尻をつかみ、膝の上にまたがらせると、ゆっくり下に下ろした。

屹立した一物が、お仙の秘孔に深々と埋没してゆく。根元まで入った。

お仙は両脚を唐十郎の背中にまわし、激しく尻を上下に動かした。唐十郎の手がお仙の尻をつかみ、その動きを助けている。

「あッ、あッ、いい！　……いいッ！」

絶え間なく尻を律動させながら、お仙がわめく。

いつか唐十郎も全裸になっていた。一物を引きぬいてお仙を仰臥させ、両脚を高々と持ち上げて、ふたたび突き入れる。壺口がしとどに濡れている。つるんと抵抗なく入った。

抱えあげたお仙の脚を両肩にのせて、一物を出し入れさせながら、両手でお仙の乳房をもみしだく。乳首が立ってくる。

歓喜のあまり、お仙はいやいやをするように激しく首を左右に振った。

唐十郎も、しだいに昇りつめてゆく。

限界だった。激烈な快感が躰の芯をつらぬいた。

「い、いくぞ！」

炸裂寸前に躰を離し、一気にそれを引きぬいた。尖端からドッと淫汁《いんじゅう》が飛び出した。おびただしい量の淫汁である。

間一髪だった。放出した白い淫汁が、お仙のはざまにねっとりと付着している。

放心状態で仰臥しているお仙のかたわらに腰を下ろして、唐十郎はお仙のはざまに付着した淫汁を手でぬぐった。お仙がふっと眼を開けて、

「旦那って……、すごい……」

独語するように、ぽつりとつぶやいた。

「何が？」

「何もかも……。あたし、はじめてです。こんな気持ちを味わったのは……」

「おれもおまえが気に入った。掏摸《すり》稼業から足を洗う気はないか」

「堅気になれと……？」

「そのほうが身のためだ」

「いまさら堅気になっても、ほかに生きてゆくすべが……」

「おれが面倒を見てやる」

「旦那が？　……まさか、あたしを囲い者にするつもりじゃ……」

お仙が皮肉に笑った。

唐十郎は無言で立ち上がり、下帯をつけて衣服を着はじめた。

「気に障ったの？」

お仙も立ち上がり、全裸のまま唐十郎の背中にすがりついた。

「いまのは、ほんの冗談ですよ」

ふいに唐十郎が振り向き、お仙を抱きすくめた。

「おれの手先にならんか」

「手先？」

「じつをいうと、おれも裏稼業を持っているのだ。仕事の内容はおいおい説明する」

「なぜ、それをあたしに？」

「おまえなら世間の裏表を知っている。それに……女にしかできぬ仕事もあるからな」

いいながら、唐十郎はお仙の乳房をつかんでやさしく揉みしだいた。

うふっ、と鼻を鳴らして、お仙がにっこり微笑《わら》った。

「おもしろそうな仕事だね」

「やってくれるか」

「その前に旦那の名を聞かせてくださいな」

「千坂……、千坂唐十郎だ。住まいは神田多町二丁目、生薬屋『橘屋』方の店借りをしている。返事はいまでなくてもいい。その気になったらおれの住まいをたずねてきてくれ」

そういうと、財布から小判を一枚取り出してお仙の手ににぎらせ、

「ひさしぶりにいい思いをさせてもらったぜ」

にやりと笑って、唐十郎は部屋を出ていった。

第二章　消えた茶屋女

一

日本橋は、江戸の経済の中心地である。物の書によれば、

「橋上の往来は、貴となく賤《せん》となく、絡繹《らくえき》として間断《かんだん》なし。また橋下を漕《こ》ぎつたう漁船の出入り、旦《あした》(朝)より暮れにいたるまで、嗷々《ごうごう》としてかまびすし」

と、往時のにぎわいが記されている。

橋の下をかまびすしく「漁船」が往来しているのは、日本橋から江戸橋にかけての北岸に、江府《こうふ》一といわれる魚河岸《うおがし》があったからである。

一日の商《あきな》い高・千両といわれ、また烏《からす》の啼《な》かぬ日はあっても、市が立たぬ日はないといわれる日本橋の魚河岸には、問屋・仲買・納屋持《なやもち》・板舟持《いたぶねもち》などが蝟集《いしゅう》しており、終日競《せ》り声が絶えなかった。

納屋持とは、魚類を貯える納屋を持っている者のことをいい、板舟持は、魚の

小売《こう》り商に場所貸しをする者のことをいう。

活気と喧騒《けんそう》が渦巻く魚河岸の路地を、人波をぬいながら足早に歩いてゆく初老の男がいた。ずんぐりとした小男だが、肩の肉が厚く、身のこなしに隙《すき》がない。

男は『稲葉屋』の重蔵だった。

この日、重蔵はある筋から耳よりな情報を得た。『三升屋』の長次郎と懇意にしていた男が、日本橋の安針町《あんじんちょう》にいると聞いたのである。

男の名は、八十吉《やそきち》。乾物《かんぶつ》の仲買をしているという。

魚河岸から北に入った小道の、すぐ左側に八十吉の店はあった。

間口三間ほどの店である。土間には荒菰《あらごも》包みの昆布《こんぶ》、海苔《のり》、干し鮑《あわび》、干鱈《ひだら》、鰹節《かつおぶし》などが山と積まれている。

その積み荷の奥で、三十五、六の物堅そうな男が帳合《ちょうあい》をしていた。

「ごめんなすって」

重蔵が声をかけると、男が帳合の手をとめて振り返った。

「八十吉さんで？」

「ええ、お宅さまは？」

「手前は馬喰町の公事宿《くじやど》『大黒屋』の奉公人で、重蔵と申します」

「どんなご用件でしょう?」

「神田須田町の乾物屋『三升屋』の旦那《だんな》のことで、二、三おうかがいしたいことが」

「ああ、長次郎さんのことですか」

「弟さんから行方を捜してくれと頼まれましてね」

「そうですか。……じつは、わたしも心配していたんです。何かのっぴきならない事情でもあったのではないかと……」

「長次郎さんに最後にお会いになったのは?」

「昨年の暮れです。掛け取りに行ったとき、店で会ったのが最後でした」

「長次郎さんの家に女が出入りしていたと聞きましたが……、その女に心あたりはございませんか」

「たしか……」

と、八十吉は思案顔であごを撫《な》でながら、

「本所尾上町《ほんじよおのえ》の水茶屋につとめていた、お峰《みね》という女だったと思いますが」

「ほう、水茶屋の女ですか」

重蔵が意外に思ったのも無理はなかった。長次郎は酒も煙草《たばこ》もやらない堅物と聞いていたからである。

「付き合いのいい人でしたからねえ。長次郎さんは」

八十吉の話によると、昨年の秋ごろ、長次郎は魚河岸の若い衆《し》に無理やりさそわれて、生まれてはじめて水茶屋に揚がったという。

そのとき、長次郎の席についたのが、お峰という茶屋女だった。三十五の歳になるまで浮いた話のひとつもなく、仕事ひとすじに独り身を通してきた長次郎は、その女をひと目見るなり、熱の病に冒《おか》されたように惚《ほ》れ込んでしまったという。

「それ以来、酒も飲めないのに、毎夜のごとくその水茶屋に通いつめていたそうです。そのうち女のほうが長次郎さんの家に出入りするようになったとか……」

「八十吉さんは、お会いになったことがあるんですかい、その女に」

「ええ、長次郎さんの店で一度だけちらりと見たことがあります。さほどの美人ではありませんでしたが、たしかに男好きのする色っぽい顔立ちをしておりましたよ」

「その女がつとめている水茶屋の屋号は？」

「『如月《きさらぎ》』だったと思います」

それだけ聞けば十分だった。丁重に礼をいって、八十吉の店を出ると、その足で重蔵は神田多町の唐十郎の家をたずねた。

居間の濡《ぬ》れ縁の陽だまりで、唐十郎は刀を研《と》いでいた。そこへ、

「ごめんなすって」

庭の枝折戸《しおりど》を押して、重蔵が入ってきた。

「おう、重蔵か」

刀を研ぐ手をとめて顔をあげると、重蔵が、

「あっしにかまわず、つづけておくんなさい」

と手で制して、庭先に立ったまま、八十吉から聞き込んできた話を手短に報告した。

唐十郎は刀を研ぎながらじっと耳をかたむけている。

「水茶屋の女か……」

重蔵の話を聞き終えたあと、鹿のなめし革で濡れた刀身を拭《ふ》きながら、唐十郎が口の中で反芻《はんすう》するようにつぶやいた。

「名は、お峰。本所尾上町の『如月』って茶屋で働いているそうで」

「よし、わかった。その女はおれが当たってみよう」

唐十郎は研ぎあがった刀を陽にかざし、満足そうに刀身に見入った。大乱れの刃文が陽差しに映えて、くっきりと浮かび立っている。

「そのお差料《さしりよう》、なかなかの業物《わざもの》とお見受けしやしたが……」

重蔵がのぞき込むように見た。この男、刀剣にも眼が利《き》くらしい。

「父の形見の左文字国弘《さもんじくにひろ》だ」

「ほう、筑前物《ちくぜんもの》でございますか」

「見るか？」

唐十郎が刀を差し出した。

「よろしければ、ちょいと……」

うやうやしく受け取って、重蔵は刀身を見つめた。反《そ》りの浅い大ぶりの太刀で、刃文は沸《に》えの少ない大乱れ、見るからに覇気《はき》に富んだ豪壮な作風の筑前物である。

「結構な物を拝見させていただきやした」

と、丁重に刀を返し、

「では、あっしはこれで」

ぺこりと頭を下げて、重蔵は足早に立ち去った。そのうしろ姿を見送りながら、唐十郎は刀身に砥粉《とのこ》を打って鞘《さや》におさめ、濡れ縁にごろりと横になった。

春めいた陽差しが心地よい。

どこからともなく、鶯《うぐいす》の啼き声が聞こえてくる。ようやく江戸は本格的な春を迎えようとしていた。


陽が落ちるのを待って、唐十郎は家を出た。

黒木綿《もめん》の着流しに雪駄《せった》ばき、腰に左文字国弘を落とし差しにしている。

神田多町から八辻ケ原に出、柳原土手を通って両国広小路《りょうごく》に足をむけた。

両国広小路には、常時、芝居、軽業《かるわざ》、手品、のぞき機関《からくり》、楊弓場《ようきゅう》、見世物《みせもの》小屋、掛け茶屋などが軒《のき》をつらね、江戸屈指の盛り場として殷盛《いんせい》をきわめていた。

文字どおり芋《いも》を洗うような混雑である。

その人混みをぬうようにして、唐十郎は両国橋をわたった。

大川に架かる三大橋《おおはし》（両国橋・新大橋・永代橋《えいたいばし》）の中で、両国橋はもっとも古く、万治《まんじ》三年（一六六〇）の架橋である。ちなみにこの時代、上流の吾妻《あずま》橋はまだなかった。吾妻橋が架橋されたのは、三十年後の安永《あんえい》三年（一七七四）である。

両国橋の東側（本所側）を俗に向両国《むこう》といい、ここにも紅灯緑酒《こうとうりょくしゅ》の盛り場があった。

尾上町もその一つである。およそ八百三十坪ほどの町屋に、料理茶屋や待合茶屋、水茶屋、料亭、居酒屋などが櫛比《しっぴ》し、西の広小路に引けをとらぬほどにぎわっていた。

尾上町の南側は、本所竪川《たてかわ》に面している。その一角に水茶屋『如月』はあった。

浅黄《あさぎ》色ののれんを割って中に入ると、中年の仲居が無愛想に出迎えて、唐十郎を二階座敷に案内した。四畳半の次の間付きの部屋である。

ほどなく茶屋女が酒肴《しゅこう》の膳部《ぜんぶ》を運んできた。やや面《おも》やつれした二十八、九の女である。

「はじめまして、お甲《こう》と申します」

この女も愛想がない。着座するなり無言で猪口《ちょこ》に酒をついだ。唐十郎はそれを一口に飲みほして、さりげなく女に問いかけた。

「この見世《みせ》に、お峰という女がいるはずだが……」

「旦那、お峰さんのお客さん？」

「以前、おれの席についたことがある」

「もういませんよ。お峰さんは」

女がそっけなく応えた。

「見世をやめたのか」

「ふた月ほど前にね」

ふた月前といえば、『三升屋』の長次郎が姿を消したころである。

「やめてどこへ行った？」

「さあ……」

と、女が首をかしげた。事実を知りながら白《しら》を切っているのか、それとも本当に知らないのか、女の表情から真意は読みとれなかった。いずれにせよ、これ以上追及しても無駄なことは、女の態度でも明らかだった。そうとわかれば長居は無用である。

徳利一本を一気に飲みほすと、唐十郎は茶屋代をおいて腰をあげた。

「あら、もう帰るんですか」

女が不満そうな顔で見あげた。料理茶屋や居酒屋の酌女とちがって、水茶屋の女は売色を本業としている。客に抱かれなければ一文の収入《みいり》にもならないのだ。

「あいにく手元不如意《ふにょい》でな。また出直してくる」

「ふん」

と、女が鼻でせせら笑い、

「とんだカスをつかまされちまった。今夜はついてないよ」

憎々しげに毒づいて、部屋を飛び出していった。

階段を下りて玄関に出ると、先刻の無愛想な仲居が、

「ずいぶんお早いお帰りですこと」

皮肉たっぷりにいって落間《おちま》に履物《はきもの》をそろえ、追い立てるように唐十郎を送り出した。

表はあいかわらずのにぎわいである。路地のあちこちから弦歌がひびき、嫖客《うかれお》たちがひっきりなしに行き交っている。

ふいに唐十郎の顔が引き締まった。背中に刺すような殺気を感じたからである。その殺気は雑踏の中から放射されている。一人や二人ではない。少なくとも四、五人はいる。

目標は明らかに唐十郎である。だが、すぐに襲ってくる気配はなかった。人混みにまぎれてひたひたと跟《つ》けてくるだけである。

唐十郎は、あえて表通りの雑踏を避け、薄暗い路地に足を踏み入れた。殺気の正体を突きとめるために、尾行者たちをおびき寄せようとしたのだ。

路地の突き当たりは、大川の土手である。

ほの白い月明かりを頼りに、唐十郎は土手を登っていった。

その機を待っていたかのように、尾行者たちが動いた。唐十郎のあとを追って、数人の男が土手を駆け登ってくる。いずれも凶暴な面がまえの破落戸《ごろつき》ふうの男たちである。

土地のやくざ者であろう。その数、五人。手に手に匕首《あいくち》や長脇差《どす》を持っている。

唐十郎は土手道に仁王立ちしている。そのまわりを男たちが取り囲んだ。

「おれに何の用だ？」

「それはこっちの科白《せりふ》ですぜ。ご浪人さん」

応えたのは、図抜けて背の高い、屈強の男だった。ゆうに六尺（約百八十センチ）はあるだろう。右手に長脇差を引っさげている。どうやらこの男が頭分《かしらぶん》らしい。

「お峰に何の用があるんですかい？」

その問いで、唐十郎は瞬時に事態を理解した。『如月』のお甲という茶屋女が、この男たちに差口《さしぐち》（密告）したにちがいない。

「愚問だな」

口元に薄い笑みをにじませて、唐十郎がいった。

「なに」

「男が女に会いにくる目的はひとつしかあるまい」

「とぼけるんじゃねえ！」

男が怒声を発した。と同時に、四人の子分がいっせいに匕首や長脇差を抜き放って身がまえた。唐十郎は両手をだらりと下げたまま、微動だにしない。

「かまわねえ。殺《や》っちまえ！」

「おう！」

雄叫《おたけ》びとともに、五人が猛然と斬《き》りかかってきた。

しゃっ！

左文字国弘が鞘走った。下からの逆袈裟《ぎやくげさ》である。一人が首の血管《ちくだ》を切り裂かれてのけぞった。返す刀でもう一人の頭蓋《ずがい》を叩《たた》き割った。眉間《みけん》からあごにかけて裂け目が走り、顔を朱《あけ》に染めてその男は仰向けにころがった。

なおも唐十郎の動きはとまらない。背をかがめ、一直線に走る。動きに一分《いちぶ》の無駄もなかった。流れるような身のこなしである。走りながら刀を横に薙《な》いだ。三人目が腹を裂かれて、丸太のように土手の斜面をころがり落ちていった。瞬息《しゅんそく》の三人斬りである。残るのは二人。

正面に頭分の大男、背後に肩幅の広い、熊のような男が立っている。唐十郎は右足を引いて半身《はんみ》にかまえた。刀は右片手ににぎり、刀尖は地面を差している。

二人の男が前後からじりじりと間合いをつめてくる。両者ともに得物《えもの》は長脇差。それを中段にかまえている。

背後の男が一刀一足《いっとういっそく》の間境《まざかい》を越えた。……と見るや、唐十郎は横に跳《と》んで、背後からの刺突《しとつ》をかわし、すくい上げるように刀を薙ぎあげた。月明《げつめい》を受けて、きらりと一閃《いっせん》した刀刃は、前のめりに突っ込んできた男の首を、下から断ち切っていた。

男の首が蹴鞠《けまり》のように高々と宙に舞い、血しぶきをまき散らしながら、ドサッと土手の草むらに落下した。

「野郎ッ！」

逆上した大男が、長脇差を振りかぶって突進してきた。

すかさず唐十郎が刀を突き出す。切っ先が男の胸板《むないた》をつらぬいた。ぐさっと鈍い音がして、刀は鍔元《つばもと》まで突き刺さった。刀尖が背中に突きぬけていた。大男は刀を振りかぶったまま硬直した。刀身に男の全体重がのしかかってくる。唐十郎は男の下腹に右足をかけて、突き放すように刀を引き抜いた。音を立てて、男は仰向けにころがった。つらぬかれた胸板から泉水《せんすい》のように血が噴き出している。

刀の血ぶりをして鞘におさめながら、唐十郎はいささか後悔していた。この連中の背後関係を聞き出すためにも、頭分の大男は生かしておくべきだったのだ。

（迂闊《うかつ》だった……）

胸のうちで苦々しくつぶやきながら、唐十郎は足早にその場を去った。

二

唐十郎は柳橋《やなぎばし》をわたっていた。

浅草・元鳥越の小料理屋『ひさご』に立ち寄ろうと思ったのである。

柳橋は、神田川の河口に架けられた幅二間（約三・六メートル）、長さ十四間（約二十五メートル）の木橋で、後年、この橋の北岸一帯は、大川の舟遊びや吉原《よしわら》通いの舟の発着地としてにぎわうようになり、いつしか橋の名が地名になった。

「柳橋」といえば、現代でも花柳界の代名詞のようになっているが、二百九十余年前のこの時代（延享元年）は、まだ明かりもまばらな物寂しい場所だった。

橋の北詰のたもとにさしかかったとき、唐十郎の眼がふと一方に吸い寄せられた。橋から七、八間離れた船着場の桟橋《さんばし》に立って、男と女が何やらひそひそと話し込んでいる。

（あの女は……）

唐十郎は、思わず瞠目《どうもく》した。

淡い月明かりの中に浮かびあがった女は、まぎれもなくお仙だった。男は猪牙《ちょき》舟《ぶね》の船頭とおぼしき二十二、三の若者である。

しばらく話し込んだあと、男は桟橋の杭《くい》にもやっていた猪牙舟に乗り込み、神田川の川面《かわも》に舟を押し出していった。それを見送ると、お仙はひらりと身をひるがえし、小走りに土手道を登っていった。

すぐさま、唐十郎はお仙のあとを追った。

浅草御門橋の手前で追いついた。

「お仙」

と声をかけると、お仙はぎくりと足をとめて振りむいた。

「唐十郎の旦那……！」

「こんなところで行き合うとは……、奇遇だな」

「ちょうどよかった。これから旦那の家をたずねようと思っていたんですよ」

「それより、お仙……」

唐十郎が探るような眼で見ながら、

「いまの男は、何者なんだ？」

「おとこ？」

「船着場にいた男だ」

「ああ」

うなずいて、お仙はくすっと笑った。

「旦那、悋気《りんき》してるの？」

「馬鹿をいえ。念のために訊《き》いただけだ」

「あれは、あたしの兄さんですよ」

「兄？　……実の兄か」

「そう。あたしのたった一人の身寄り」

土手道を歩きながら、お仙はぽつりぽつりと身の上を語りはじめた。

お仙の両親は、お仙が三つのときに夫婦別れをし、それ以来、四つちがいの兄・丈吉《じょうきち》とともに母親の手で育てられた。その母親も五年前に仕事の無理がたたって肝ノ臓を患い、あっけなくこの世を去ったという。

そのとき、お仙は十三歳。兄の丈吉は十七歳だった。いきなり世間の荒波に放り出された二人は、生きるために必死に働いた。

丈吉は深川《ふかがわ》の船宿『舟清《ふなせい》』で見習い船頭として働き、お仙は近所の商家の使いっ走りや雑用などの〝駄賃《だちん》取り〟をして小銭を稼いでいたが、幼い兄妹の稼ぎだけでは日々の糧《かて》を得るのもままならず、ひもじさのあまり盗みや置き引きを働いたこともあるという。

「そんなある晩、盛り場の雑踏をうろついていたら……」

お仙が問わず語りにつづける。

「酔った男と路地角で出会い頭にぶつかってしまってね。気がついたら、その男の財布をにぎっていたんですよ」

ぶつかった瞬間、無意識裡《り》に男の懐中に手がのびていたのだ。

それに味をしめたお仙は、毎夜のごとく盛り場に足をむけ、酔客のふところをねらうようになったのである。もともとお仙は手先の器用な娘だった。〝仕事〟はおもしろいように成功した。文字どおり百発百中である。

いつしかお仙の名は、本職の巾着切りの間でも有名になり、「洲走りのお仙」の異名をとるようになった。

洲走りとは、出世魚といわれるボラの稚魚のことである。お仙も将来は大物の巾着切りになるにちがいない、という意味を込めてつけられた異名であろう。

「兄の丈吉は、おまえが巾着切りをしているのを知っているのか?」

唐十郎が訊いた。

「ううん」

と、首を振って、

「いつかバレやしないかと、内心びくびくしていたんだけど……、旦那と出会ってやっと決心がつきました」

お仙が晴れやかな顔でいった。

「決心？」

「このさい、きっぱり足を洗って、旦那の〝裏稼業〟の手伝いをさせてもらおうかと……。そのことで、さっき兄さんと相談していたんです」

「丈吉は、何といった？」

「いっぺん旦那に会いたいって。……会って、旦那とじっくり話がしたいって」

「それはかまわんが……」

「あした、どう？　あしたの午《ひる》ごろ」

「うむ」

「じゃあ、あした、お宅にうかがいます」

といって、お仙は小走りに去っていった。

唐十郎は踵《きびす》を返して、浅草元鳥越に足をむけた。

いつになく『ひさご』は空《す》いていた。

客は四十年配のお店者《たなもの》ふうの男一人だけである。唐十郎が入ってくると、客の相手をしていたお喜和がすかさず立ち上がって、

「いらっしゃいませ」

と、愛想たっぷりに迎え入れた。

「今夜は暇《ひま》そうだな」

「どういうわけか、近ごろ、お客さんの出足が遅いんですよ」

「それだけ日が長くなったということだろう」

いいつつ、唐十郎が奥の階段へ向かおうとすると、

「あ、旦那、ご紹介します」

お喜和が客のほうを振りむいていった。

「『備前屋《びぜん》』さんの大番頭《おおばんとう》の伊兵衛《いへえ》さんです」

「お初にお目にかかります。伊兵衛と申します」

客が腰をあげて、丁寧《ていねい》に頭を下げた。やや小肥りの実直そうな男である。

『備前屋』は蔵前片町《かたまち》の札差である。

札差というのは、旗本や御家人《ごけにん》の蔵米《くらまい》を受け取って換金する商人のことで、二十年前の享保九年（一七二四）、百九人の札差が株仲間として認められた。わけても『備前屋』は店の規模、奉公人の数、年間の商い高、すべてにおいて蔵前一といわれる、江戸屈指の大店《おおだな》である。

「千坂さまのことは、女将《おかみ》さんからかねがねうかがっております。お近づきのし

るしに一献《いっこん》いかがでございましょうか」

「うむ」

うなずいて、唐十郎は伊兵衛の前に腰を下ろした。お喜和が酒を運びながら、

「伊兵衛さんから、旦那に折入って相談があるそうですよ」

といった。

「相談？」

「じつは……」

唐十郎の猪口に酒をつぎながら、伊兵衛が、

「四、五日前から手前どもの店の近辺で不審な男を見かけるようになりましてね」

「不審な男、というと？」

「頬《ほお》かぶりをした眼つきの悪い男です。奉公人たちも何度かその男を見かけたと申しております。手前の思い過ごしかもしれませんが、その男の素振りから察して、店の中の様子を探っているのではないかと……」

「ひょっとして、盗っ人一味の下見じゃないかしら？」

お喜和がいう。それを受けて、伊兵衛が、

「昨年の秋、近所の『武蔵屋』さんに蔵破りが入ったという例もございますし」

不安そうに眉《まゆ》をひそめた。その事件は、唐十郎も知っている。『武蔵屋』はそれに懲《こ》りて、唐十郎に蔵番をたのんだのだ。

「で、千坂さまにご相談と申しますのは……、しばらく手前どもの店に泊まり込んで、夜番をしていただけないものかと……」

遠慮がちに伊兵衛が申し出た。

「用心棒か」

「一晩のお手当ては、一分《ぶ》ですって」

悪い話ではない、といわんばかりにお喜和が声をはずませる。

「その前に、町方《まちかた》に相談してみたらどうだ」

「それが……」

伊兵衛は、困惑げにかぶりを振った。蔵前一帯を持ち場にしている定廻《じようまわ》り同心に事情を話して警護をたのんだのだが、一向に取り合ってくれないというのである。

「御番所は事件が起きなければ動いてくれませんからねえ」

「まったく、お役人なんて当てにならないんだから」

お喜和が憤然と吐き捨てる。

「力になってやりたいのは山々だが、あいにく別の仕事を引き受けてしまったのでな」

「別の仕事って……？」

「似たような仕事だ」

唐十郎は、あいまいに応えながら、

「おれのほかにも、江戸には腕の立つ浪人者がごろごろいる。その連中に当たってみたらどうだ？」

慰撫《いぶ》するように伊兵衛を見た。

「はあ……」

と小さくうなずいて、伊兵衛は肩を落とした。落胆の色は隠せない。だが、すぐに気を取りなおし、

「ま、手前の気のせいかもしれません。戸締りを厳重にして、しばらく様子を見ることにいたしましょう」

といいながら、腰をあげた。

「もうお帰りになるんですか」

「あしたが早いので、今夜はこのへんで……」

卓の上に酒代をおくと、唐十郎に、

「お先に失礼いたします」

と一礼して出ていった。

伊兵衛を送り出して席にもどってきたお喜和が、恨めしそうな顔で、

「せっかく、いい仕事が舞い込んできたのに……」

と、ぼやくような口調でいった。この話はむしろ、唐十郎をよろこばせるために、お喜和のほうから伊兵衛にすすめた話なのである。それをあっさり断ってしまったのだから、お喜和としても内心おもしろくない。

「別の仕事が決まってしまったのだ。致し方あるまい」

「お金になるんですか？　その仕事って」

「まあな。……その件《こと》で、おまえに話がある」

「なんですか」

「今夜かぎりでこの店の用心棒をやめさせてもらう」

「そんな……！」

「案ずるな。やめたからといって、おまえと縁を切るつもりはない」

「どういうことか、わたしにはさっぱり……」

お喜和は動転している。

「いままで、おれとおまえは金でつながっていた。だが、これからは……」

といいつつ、お喜和の躰《からだ》を引き寄せて、胸元に手をすべり込ませた。

「あ、旦那……」

「金はビタ一文いらん。おれが欲しいのは……」

やさしくお喜和の乳房をもみながら、

「おまえの……、この躰だ」

「あ、ああ……」

お喜和がくるおしげに唐十郎の首に手をまわして、

「離れないで……。もっと強く、……強く抱いて」

骨がきしむほどの力ですがりついてきた。

唐十郎の手がお喜和の着物の下前をはぐった。白い下肢がむき出しになる。はざまに手を差し込む。指先に小さな突起物がふれた。それをつまんで愛撫《あいぶ》する。

「あ、いい……ああ……」

お喜和がのけぞる。唐十郎はいきなりお喜和の躰をかかえあげ、卓の上に座らせた。

下半身をあらわにさらけ出したまま、お喜和が大きく脚をひろげる。薄桃色の切れ込みが露をふくんでぬれぬれと光っている。

唐十郎も着物の前を開いた。そして下帯をゆるめる。怒張した一物が、まるで撥条《ばね》仕掛けのようにはじけ出た。それをお喜和の秘所にあてがい、下から上へ二、三度こすり上げる。一物の尖端《せんたん》がたっぷり濡れたところで、一気に挿入する。

「ああッ」

悲鳴のような声を発して、お喜和は卓の上にあおむけに倒れた。両足首をつかんで高々と持ち上げ、唐十郎が激しく抜き差しする。

店の中での情交である。いつ客が入ってくるかわからない。そのスリルがいつになく二人を燃えあがらせた。

三

翌日の午ごろ。

お仙が、約束どおり兄の丈吉を連れて、唐十郎の家をたずねてきた。

「丈吉と申しやす」

唐十郎の前で、丈吉は折り目正しく、両手をついて挨拶《あいさつ》をした。浅黒く日焼けした顔、鋭く切れ上がった眼、鼻すじの通った精悍《せいかん》な面立ちをしている。なかなかの男前だ。

「おれの裏稼業というのは……」

唐十郎が話を切り出した。

「法で裁けぬ悪や、法で晴らせぬ怨《うら》みを〝闇《やみ》〟で始末する仕事だ」

「始末する、と申しやすと？」

「はやい話、世の中のためにならぬ奴を天に代わって成敗する。……そういう商売だ」

「金はどこから出るんで？」

「それは……、いま明かすわけにはいかぬ」

丈吉はそれ以上深く追及しなかった。どこから金が出ようと、丈吉には関わりのないことである。それより最大の関心事は、お仙の仕事の内容だった。

「お仙に何をやらせるつもりなんで？」

「悪事の実態を見さだめるためには、地道な下調べが必要だ。お仙にはそれをやってもらいたい。手間賃は仕事一件につき一両。調べにかかった実費《かかり》も払う」

「一両！」

丈吉が思わず瞠目した。腕のよい大工が十日働いてやっと一両になった時代である。丈吉にとって、一両は夢のような大金なのだ。

「兄さん、あたしはこの仕事引き受けるつもりだよ」

お仙がそういうと、丈吉も同意するように大きくうなずいて、

「ついでに、あっしも雇《やと》ってもらえやせんか」

といった。

「おまえも……？」

「仕事柄、あっしは世間の裏を嫌というほど見てきやした。きっと旦那のお役に立てると思いやす。もちろん手間賃は一人ぶんで結構です」

たしかに猪牙舟の船頭の行動半径はひろい。それに不特定多数の客を相手にしているので、情報も手に入りやすいだろう。手先（密偵）としては打ってつけかもしれぬ。

「断っておくが……」

唐十郎の語調が変わった。常になく声に厳しさがこもっている。

「この仕事はあくまでも世間の眼をはばかる〝裏稼業〟だ。ひとつ間違えば、公儀《おかみ》からも悪党からも命をねらわれる羽目になる。相応の覚悟がなければ、この仕事はつとまらんぞ」

「それは、もう重々……」

「あたしも兄さんも、物心ついたときから生きるか死ぬかの修羅場《しゅらば》をくぐってきましたからね。性根《しょうね》だけはしっかり据《す》わってますよ」

お仙が精いっぱいの虚勢を張ってみせた。

「よし、わかった。二人とも雇ってやろう」

「ありがとうございます。あっしは深川と柳橋を持ち場にしておりやすので、御用があったら柳橋の船着場にたずねてきておくんなさい」

「いや、その必要はあるまい」

「え？」

「さっそく頼みたいことがある。本所尾上町の水茶屋『如月』につとめていたお峰という女の行方を捜してもらいたいのだ」

「お峰？」

「ふた月ほど前に見世をやめたそうだ。やめた理由は定かではないが、ほかの見世に移ったということも考えられる」

「わかりやした。いっぺん当たってみやしょう」

このところ、春めいた陽気がつづいている。

墨田堤《すみだづつみ》の桜も八分咲きになったという。

そんな花便りがちらほらと聞こえはじめたある日の夕刻、日本橋駿河《するが》町の路地を足早に歩いてゆく二人の女の姿があった。

蔵前の札差『備前屋』の嫁・おまちと供の女中・お袖《そで》である。

呉服問屋『越後屋《えちご》』で買い物をしての帰りだった。

おまちは湯島《ゆしま》の小間物屋『かなえ屋』の一人娘で、〝湯島小町〟とよばれたほどの評判の美人である。歳は二十一。『備前屋』の総領《そうりよう》・清太郎《せいたろう》に見そめられて、昨年の秋、祝言《しゆうげん》をあげたばかりである。

駿河町は呉服問屋や絹問屋、木綿《もめん》問屋、紙問屋、蠟燭《ろうそく》問屋などの大店が軒をつらねる、府内有数の繁華街だが、一歩路地に入ると、そのにぎわいが嘘《うそ》のように、四辺はひっそりと静まり返っている。

おまちとお袖が、表通りの雑踏を避けて人通りの少ない路地に足をむけたのは、少しでも近道をして家路を急ごうとしたためだった。それが不幸のはじまりになろうとは、もちろん二人は知るすべもない。

二つ目の路地角に差しかかったとき、事件は起きた。

突然、物陰から二人の浪人が飛び出してきて、おまちとお袖に襲いかかったのである。鳩尾《みぞおち》に当て身を食らわせられた二人は、声もなくその場にくずれ落ちた。

二人の浪人は、おまちとお袖の躰を軽々とかかえあげ、路地角に連れ込んだ。そこに二挺《ちよう》の駕籠《かご》が待ち受けていた。一人がおまちを、もう一人がお袖を細引《ほそびき》でしばりあげ、口に猿ぐつわを噛《か》ませて、二挺の駕籠に押し込んだ。

「やれ」

浪人の下知《げぢ》を受けて、二挺の駕籠は脱兎《だつと》のごとく走り去った。

その間、わずか寸秒。あっという間のできごとである。

それから一刻（二時間）後――。

大戸をおろした『備前屋』の奥座敷で、おまちの亭主・清太郎と大番頭の伊兵衛が深刻な表情で対座していた。

「何か悪いことでもあったんじゃないだろうね」

清太郎は苛立《いらだ》つように貧乏ゆすりをしている。

『越後屋』に様子を見に行った手代の小助《こすけ》の話によると、おまちとお袖は一刻前に『越後屋』を出たという。日本橋の駿河町から浅草蔵前までは、女の足でも半刻（一時間）ほどの距離なので、もうとっくに着いていなければならない。

「帰りしなに二人で食事でもしているのかもしれません。もうしばらく待ってみましょう」

「………」

清太郎はまったく上の空で、伊兵衛に時刻を訊いた。六ツ半（午後七時）でございますと応えると、清太郎はふいに立ち上がって、

「手の空《あ》いている者を十人ばかり集めてきてくれ」

「どうなさるおつもりで？」

「みんなで手分けして捜すんだ。二人が立ち寄りそうなところを虱《しらみ》つぶしにな」

「はあ」

うなずいて、伊兵衛が腰をあげた瞬間、
ばしっ！

と障子窓を突き破って、紙礫《かみつぶて》のようなものが飛び込んできた。見ると、それは料紙に小石をくるんだ投げ文だった。

清太郎がすばやく拾いあげて、投げ文をひらく。

「おまちの命助けたくば、今夜子《ね》の刻（午前零時）、柳原堤下・柳森稲荷《やなぎもりいなり》に五百両持ってこい。金を持参するのは一人。番所に知らせたら、おまちの命はないものと思え」

と、金釘流の文字で書きなぐってある。

「！」

清太郎の顔からさっと血の気が引いた。とっさに身をひるがえして、縁側の障子をがらりと引き開けて、庭を見た。植え込みの樹葉がかすかにゆれている。

「どうなさいました！」

伊兵衛が駆け寄った。

「こ、これを見ろ」

差し出された投げ文の文面を見て、伊兵衛も愕然《がくぜん》と息をのんだ。

四

近所の湯屋で湯をあびた帰りに、唐十郎はいつものように酒屋に立ち寄って量り売りの酒を一升ばかり買い、自宅にもどった。

玄関の戸を引き開けて中に入ろうとしたときである。

唐十郎の顔に緊張が奔《はし》った。

(誰かいる……!)

家を出るとき、行灯《あんどん》の火は消してきたはずなのだが、廊下の奥にほんのりと明かりが漏れているのだ。留守中に何者かが侵入したにちがいない。右手を刀の柄にかけて、油断なく廊下に上がった瞬間、ふいに、

「旦那ですか?」

奥から女の声がした。お喜和の声である。ほっと安堵《あんど》の吐息をついて、唐十郎は居間の唐紙を引き開けた。

行灯のそばにお喜和が膝《ひざ》をそろえて座っている。

「どうした? こんな時分に……」

「えらいことになりましたよ、旦那」

お喜和が顔をあげていった。声も表情もこわばっている。

「何かあったのか」

「『備前屋』の若内儀《わかおかみ》が何者かに誘拐《かどわか》されたんです」

「なに」

「これを見てください」

お喜和が、例の投げ文を差し出した。受け取って文面に視線を走らせたとたん、唐十郎の脳裏《のうり》に閃電《せんでん》のようにひらめくものがあった。

『大黒屋』宗兵衛の女房・お春が誘拐された、あの一件である。

宗兵衛は、身代金目当ての誘拐かもしれぬといったが、もしそうだとすれば、同じ一味の仕業ということも考えられる。

「――伊兵衛さんが心配してたとおりになっちまいましたね」

沈痛な面持ちで、お喜和がいった。

唐十郎は黙って投げ文に視線を落としている。その胸中には、伊兵衛の依頼をすげなく断ったことへの軽い悔悟《かいご》があった。

「『備前屋』のまわりをうろついていた不審な男ってのは、誘拐一味の下見だったんですよ」

「しかし、なぜおまえがこれを……？」

けげんそうに投げ文を指した。

「伊兵衛さんに頼まれたんです。旦那に身代金を届けてもらえないかって」

「おれが身代金を！」

「みんな、怖がってるんですよ。相手は何人いるかわからないし、お金を届けたとたんにバッサリってことにもなりかねないし……。ご亭主の清太郎さんですら尻込みしてるんですから、そりゃ誰だって怖いですよ。一人で届けに行くのは……」

「なるほど、そういうことか」

たしかに、投げ文には「金を持参するのは一人」と書いてある。だが、誰それが持ってこいとは書いてない。持参人が誰であろうが、五百両の金さえ届けば、一味にとってはどうでもいいことなのだ。

「もし引き受けてくれれば、お礼に十両払うって」

「ずいぶんと張り込んだな」

「それだけ、旦那の腕を高く買ってくれたってことですよ」

「わかった。その仕事、引き受けよう」

たった一晩で十両の稼ぎになるのである。断る手はあるまい。それに、うまくいけば誘拐一味の尻尾《しっぽ》をつかむことができるかもしれぬ。

「金は用意してあるのか」

「ええ、伊兵衛さんからあずかってきました」

と、桐油紙《とうゆがみ》に包んだ金と礼金の十両を唐十郎の膝前において、

「じゃ、わたしはお店があるので……」

お喜和はそそくさと立ち去った。唐十郎はふたたび投げ文に眼を落とした。

身代金の届け先は「柳原堤下・柳森稲荷」、時刻は「子の刻」とある。ここから柳原土手までは、四半刻（三十分）とかからない距離である。

つい今しがた、五ツ（午後八時）の鐘を聞いたばかりだから、子の刻まではまだ二刻（四時間）もある。

一升徳利の酒を茶碗《ちゃわん》についで二杯ほど飲み、畳の上にごろりと横になった。

一刻半（三時間）ほど仮眠をとって、唐十郎は身支度にとりかかった。

一味が『大黒屋』のお春を誘拐した浪人の仲間だとすれば、この一件にも浪人が関わっている可能性がある。それに、お喜和がいうとおり敵は何人いるかわか

らない。

万一に備えて、唐十郎は厳重な身ごしらえをした。

裁付袴《たつつけばかま》をはき、黒革《くろかわ》の手甲脚絆《てっこうきゃはん》をつけ、左文字国弘を腰にたばさむ。身支度がととのうと、菅《すげ》の一文字笠をかぶり、すべり止めのための草鞋《わらじ》をはいて家を出た。もちろん、お喜和からあずかった身代金の五百両は懐中にある。

柳原土手は、享保年間、神田川南岸の筋違橋から浅草橋に至るまでの、およそ十丁（約一キロ）の土手道に柳の木が植えられたところから、その地名がついた。

昼間は、この土手道に古着屋や古道具屋、飲食《のみくい》を商う床店《とこみせ》などずらりと立ちならび、諸方から集まってきた買い物客でにぎわいを見せているが、日暮れと同時にいっせいに店をたたんで帰ってしまうので、夜間は人っ子ひとり通らぬ寂しい場所になる。

そして、それと入れ換えに「夜鷹《よたか》」とよばれる最下級の娼婦が出没し、土手道を通る男たちに媚《こび》を売っていた。

「古着屋と二十四文入れかわり」

この川柳に詠まれている二十四文とは、夜鷹の遊び代のことである。

風もなく、おだやかな夜である。

淡い月明かりが、土手道を蒼々《あおあお》と照らし出している。さすがにこの時刻になると、往来する人影も、客を引く夜鷹の姿もなく、四辺は閑寂《かんじゃく》と静まりかえっている。

一味が身代金の届け場所として指定してきた『柳森稲荷』は、柳原土手のちょうど中間地点の川原にあった。古い小さな稲荷社である。十二年前の享保十七年（一七三二）に刊行された江戸の地誌『江戸砂子《すなご》』によれば、

「別当仁王院《べっとうにおういん》、はじめは小笹《こざさ》の中にすこしき祠《ほこら》なりしが、元禄八年、はじめて社《やしろ》を造立《ぞうりゅう》し、江戸旧蹟帳《きゅうせきちょう》にも載《の》りて繁昌《はんじょう》せり」

とあり、すでに元禄期から江戸市民の信仰を集めていたようである。

唐十郎は用心深くあたりに眼をくばりながら、土手の斜面を下りていった。

川岸につづく細い道の先に、柳森稲荷の社がおぼろげに見えた。

小さな灯明《とうみょう》が鬼火のようにゆらいでいる。

稲荷社の周辺に人の気配はまったくなかった。それを確認すると、唐十郎は社の前で足をとめ、社殿の基壇《きだん》に金包みをおいて足早に立ち去った。

十五、六間離れたところで、唐十郎はふいに片膝をついて躰を沈めた。
一帯は身の丈《たけ》ほどに生い茂った蘆荻《ろてき》の原である。その茂みの中に素早く身をひそめて、一味があらわれるのを待つことにした。

ややあって……、
浅草寺《せんそうじ》の鐘が鳴りはじめた。子の刻を告げる鐘である。

子の刻（午前零時）は、鐘を九回打つ。その一刻（二時間）後は、九の倍の十八を打つのだが、十を省略して八つだけ打つ。つぎは、九の三倍の二十七を打つところを、二十をはぶいて七つ打つ。最後は九の六倍の五十四回打つところを五十を省略して四つ打ち、ふたたび九つ（午後零時）にもどる。これが時刻の呼び方になったのである。

九つの鐘が鳴り終わり、四辺はふたたび静寂につつまれた。

だが……、
人影はおろか、野良犬一匹あらわれない。稲荷社の基壇においた金包みもそのままである。社殿に供えられた灯明の小さな火だけがかすかにゆらいでいる。

唐十郎は、蘆《あし》の茂みから顔を突き出して、背後の土手を振り返ってみた。土手道にも人の気配はまったくなかった。

か。

（勘づかれたか……）

一味は、この深い闇の奥のどこかで、こちらの動きを見張っているのではないか。

そんな不安が唐十郎の胸によぎった。もしそうだとすれば、唐十郎がこの場を離れないかぎり、一味は姿をあらわさないだろう。

時は刻々と流れてゆくが、唐十郎の視界に映る河畔の景色は、まるで闇に塗り固められてしまったかのように、何の変化も示さなかった。

寂《せき》として物音ひとつ聞こえない。その静寂がむしろ不気味だった。

明らかに敵は警戒している。見えぬ敵を相手にこれ以上神経戦をつづければ、人質の身に危害がおよぶ恐れもある。

（このへんが潮時かもしれぬ）

そう思って腰を上げようとしたとき、唐十郎の眼がするどく動いた。

柳森稲荷の社の前に黒影がよぎったのである。

意外にもその黒影は浪人者ではなく、手拭《てぬぐ》いで頬かぶりをしたやくざふうの男だった。いつ、どこから姿をあらわしたのか皆目わからなかった。まるで降ってわいたように、忽然《こつぜん》とあらわれたのである。

男は社の前におかれた金包みをわしづかみにするや、ひらりと身をひるがえして、稲荷社の裏に姿を消した。

それを見届けて、唐十郎は蘆の茂みから飛び出した。その瞬間、

（あっ）

と息をのんで立ちすくんだ。

神田川の川面を川舟が一挺、すべるように走ってゆく。櫓《ろ》をあやつっているのは、さっきの頬かぶりの男である。

（舟か……）

完全に意表をつかれた。

男は柳原の土手からではなく、舟を使って川岸から柳森稲荷に接近したのである。

櫓音に気づかれぬために、男は唐十郎があらわれる前から、舟を川岸の蘆の茂みに隠して待機していたのであろう。何もかもが計算ずくの奇策だった。

それに気づかなかったおのれの迂闊さと、まんまと敵にしてやられた悔《くや》しさを嚙みしめながら、唐十郎は苦い顔で背を返した。

それから小半刻後――。

浜町河岸《はまちょうがし》の船着場の桟橋に、ひっそりと川舟がすべり込んできた。舟から降り立ったのは、先刻の頬かぶりの男である。男は舟を桟橋の杭にもやうと、小走りに闇の奥に走り去った。

浜町堀の両岸は、諸大名の上屋敷や中屋敷、大身旗本の別墅《べっしょ》などが塀《へい》をつらねる武家地である。その入り組んだ小路を、頬かぶりの男が猫のように背をまるめて走ってゆく。

小路の突き当たりに冠木門《かぶきもん》が見えた。二、三千石級の旗本の別墅とおぼしき門がまえである。男は門をくぐって、玄関にむかった。

中廊下の奥に明かりが漏れている。

「行ってまいりやした」

声をかけて部屋に入った。十畳ほどの板敷きの部屋である。そこで四人の浪人が車座になって酒を飲んでいた。いずれも野良犬のように薄汚い浪人者である。

「ご苦労だった」

と、振りむいたのは、一味の首領らしき髭面《ひげづら》の浪人・檜垣伝七郎《ひがきでんしちろう》である。

「榊原《さかきばら》さまは……?」

頬かぶりをはずしながら、男が訊いた。歳のころは三十一、二。狐《きつね》のように眼のつり上がった、見るからに小ずるそうな顔の男である。

「奥の書院だ」

「では」

と一礼して、男は部屋を出ていった。

奥書院で、二人の武士が酒を酌《く》みかわしていた。一人は派手な鬱金《うこん》の美服をまとった二十四、五の若い武士・榊原辰馬《たつま》——普請《ふしん》奉行・榊原主計頭正盛《かずえのかみまさもり》の三男である。

もう一人は辰馬よりやや年長の角張った顔の武士・真崎三十郎《まさきさんじゅうろう》。辰馬の遊び友だちで、目付《めつけ》配下の徒《かち》目付をつとめている。

「のう、辰馬」

酒杯に酒をつぎながら、真崎が赤く濁った眼を辰馬にむけた。

「家人は気づいておらんのか?」

「何のことだ」

「あの浪人どものことだ」

「ああ、それなら心配はいらん。父も兄もめったにここにくることはないからな」

　榊原家のこの別墅は、家中に特別の行事や催事がないかぎり、ほとんど使われることがなかった。普段はまったくの無人である。そのせいか、建物はかなり荒れている。

「こんなぼろ屋敷、どう使おうがおれの勝手さ」

「ふふふ、お控《ひか》えさまの遊び場ってわけか」

　真崎が皮肉に笑った。「お控えさま」とは、家督《かとく》相続順位の低い次男・三男のことをいう。武家社会では、当主が退隠、または死亡した場合、長男が跡目をつぐ決まりになっていた。したがって、次男以下の嫡子は長男に万一があった場合の「控え」として扱われたのである。俗に「部屋住み」ともいった。

　榊原辰馬は、まさにその「部屋住み」だった。

「ただいまもどりやした」

　廊下で声がした。

「おう、又三か。入れ」

　辰馬が振りむくと、襖を引き開けて、先刻の男が神妙な顔で入ってきた。じつはこの男が、神田須田町の乾物屋『三升屋』の売買の仲立ちをした「又三」だったのである。

「金はどうした？」

真崎が訊いた。

「首尾《しゅび》よく……」

にやりと嗤《わら》って、又三はふところから金包みを取り出し、二人の前に差し出した。

辰馬が手早く包みを開く。中身は切餅《きりもち》（二十五両包み）二十個、〆めて五百両の大金である。

「ふふふ、よくやった」

破顔しながら切餅の封印を切り、小判を三枚、又三に投げわたした。

「これで酒でも飲んでくれ」

「ありがとう存じます。では、あっしはこれで」

三枚の小判を押しいただくようにして、又三は出ていった。

「真崎さん。これは、おぬしの取り分だ」

辰馬が切餅八個（二百両）を真崎の前に差し出した。

「いいのか、こんなにもらって」

「今後も、おぬしには何かと世話になる。遠慮なくおさめてくれ」

「では」

と、切餅を無造作につかみ取りながら、真崎が、

「ところで、人質の女はどうする？」

「約束どおり、明日の朝、解き放つ……。だが」

辰馬の顔に好色な笑みがにじんだ。

「その前に楽しませてもらおうと思ってな」

「楽しむ？」

「あの内儀、なかなかの美形だった。このまま帰すのはもったいない」

「なるほど……」

「おぬしは供の女を抱いたらどうだ？」

「うむ。それも一興《いっきょう》。酔い醒《さ》ましにひと汗かくとするか」

二人は立ち上がって、濡れ縁から庭に下りた。

五

がらり……。

裏庭の土蔵の塗籠戸《ぬりこめど》を引き開けて、二人は中に入った。

壁の掛け燭《じょく》がほの暗い明かりを灯している。

奥の暗がりに二人の女がうずくまっていた。『備前屋』の嫁・おまちと女中のお袖である。二人とも猿ぐつわを嚙まされたまま、土蔵の柱にしばりつけられている。

その前に辰馬と真崎が立った。おまちとお袖が怯《おび》えるような眼で二人を見あげた。

「よい知らせだ。おまえたちの身代金が届いたぞ」

卑猥《ひわい》な笑みを浮かべながら、辰馬がいった。

「約束どおり、明日の朝、帰してやろう」

「その前に……」

真崎がかがみ込んで、二人の顔をねぶるように見まわした。

「たっぷり楽しませてもらうぞ」

おまちとお袖の顔が恐怖にゆがんだ。躰が激しく震えている。

「おれが先にやる」

いうなり、辰馬は荒々しくおまちの帯を解きはじめた。着物の下前が乱れ、白い脛《はぎ》が露出する。

猿ぐつわで口をふさがれたおまちは、声にならぬ叫びをあげて必死に身をくねらせた。着物と長襦袢が引きはがされ、白い胸乳《むなぢ》があらわになる。それを見て、真崎が、

「ほう」

と、思わず瞠目した。外見からは想像もつかぬほど豊かな乳房である。

「どれ、どれ」

と、辰馬が両の乳房をわしづかみにして、その感触を楽しむようにゆっくりもみしだいた。淡紅色の乳首が梅の実のように硬直してくる。

「柔らかい……。搗《つ》きたての餅のように柔らかい乳だ……」

乳房をもみしだきながら、辰馬が陶然《とうぜん》とつぶやく。

かたわらで真崎が生唾《なまつば》を飲みながら、そのさまを見ている。

辰馬の手がおまちの二布《ふたの》（腰巻）をはぎ取った。一糸まとわぬ全裸である。ふっくらと盛り上がったはざまに黒々と秘毛が茂っている。意外に多毛である。はざまに手をすべり込ませる。おまちの躰がぴくんと反応する。辰馬の手の侵入をはばむように股間《こかん》を固く閉じた。

「力を抜け」

叱《しか》りつけるような口調でそういうと、辰馬は無理やりおまちの股間に手を差し込み、秘所に指を突き入れた。おまちの躰が大きくのけぞり、壺口がキュンと収縮した。

「ふふふ、いい道具だ。おまえの亭主は果報者だな」

いいつつ、おまちの秘所をなぶりまわす。

「だ、だめだ。我慢ならん」

わめくやいなや、真崎もお袖に躍りかかった。手ばやく帯をほどき、引きむくように着物と長襦袢をはぎ取る。一気に腰の物も引きはがして丸裸にした。おまちよりやや細い躰だが、腰や太股《ふともも》の肉《しし》づきはよく、乳房にも張りがある。

真崎はむさぼるように乳房を口にふくみ、乳首を吸った。

「いや」

といたげに、お袖が激しくかぶりを振り、足をばたつかせる。が、両手をしばられているので、あらがうすべもなかった。

いつの間にか、辰馬は裸になっていた。股間の一物がはち切れんばかりに怒張している。

おまちの両足首をつかんで、高々と持ち上げ、

「いいながめだ。菊座までまる見えだぞ」

と、淫獣《いんじゅう》のように眼をぎらつかせながら、股間をねめまわす。

そこは亭主の清太郎にも見られたことのない部分である。恥辱《ちじょく》のあまり、おまちは固く眼を閉じて顔をそむけた。

辰馬は一物をひとしごきして、突き刺すようにおまちの秘所に挿入した。

「う、ううう……」

うめきながら、おまちが躰をくねらせる。辰馬は気が狂《ふ》れたように腰を振った。淫靡《いんび》な音を立てて一物が挿出入をくり返す。それを横目に見ながら、

「どんな塩梅《あんばい》だ？」

真崎が訊く。

「た、たまらん！……天に昇るような気持ちだ！」

叫びながら、辰馬が腰を振る。

「よし、わしも行く！」

真崎も裸になった。屹立《きつりつ》した一物がひくひくと脈打っている。並み以上に太く長い一物だ。力まかせにお袖の両脚をひらき、それをずぶりと突き差した。

「うッ」

お袖の細い眉がつり上がった。苦痛とも歓喜ともつかぬ表情である。真崎は犬のように息を荒らげながら激しく腰を振っている。

異常な光景だった。

全裸の女ふたりを、それも猿ぐつわを嚙まされ、うしろ手にしばられた年若い女ふたりを、二人の男がとなり合わせで犯している。けだものの所業といっていい。

「だ、だめだ。果てる！」

「わしもだ！」

辰馬と真崎は、同時に極限に達した。そして、同時にそれを引き抜いた。

ドッと放出された淫汁が土間に飛び散る。

少時、二人は惚《ほう》けたようにその場にへたり込んだ。

おまちとお袖は、あられもなく脚をひろげたまま、ぐったりと柱にもたれている。二人の白い裸身は、男たちの汗と唾液《だえき》と飛び散った淫汁で、無残に汚《けが》されていた。

「さて」

と、辰馬が片膝を立てて、いった。

「相手を替えて、もう一戦いこう」

「同じ責め方ではつまらんからな」

真崎が二人のいましめを解いて、引きずるように土間の中央に連れ出した。

「わしはうしろから責める」

いうなり、おまちの躰を反転させて四つん這《ば》いにさせ、萎《な》えた一物を尻の割れ目に差し込んだ。尖端を切れ込みにあてがって二《ふた》こすりもすると、一物はたちまち屹立し、おまちの秘所に深々と埋没していった。

「うっ」

おまちの白いあごが上がった。猿ぐつわは噛まされたままである。

それを見ながら、辰馬はお袖の躰をかかえ起こして膝の上にまたがらせると、両手をお袖の腰にまわし、ゆっくり沈めた。怒張した一物が垂直に突き差さる。

お袖の上体が弓のようにそり返った。下から激しく突き上げる。お袖が白眼をむいてのけぞる。ほとんど意識を失っていた。

いましめを解かれたお袖の両腕が、柳の枝のようにゆらゆらとゆれている。


神田川の川面に白い朝霧がわき立っている。

その霧の奥から、浅草寺の明七ツ（午前四時）の鐘の音がひびき渡ってくる。

暁闇《ぎょうあん》の空がかすかに明るみはじめたとき、柳原土手に二つの影が忽然とにじみ立った。

二挺の町駕籠である。

土手の柳並木がとぎれたあたりで、ふいに二挺の駕籠が立ち止まり、それぞれの駕籠の中から何かを引きずり落とすと、ふたたび朝霧のかなたに走り去った。

土手道にころがったのは、手をしばられ、猿ぐつわを嚙まされたおまちとお袖だった。

お袖は必死に口を動かして猿ぐつわをはずすと、芋虫《いもむし》のように躰をよじっておまちの背後に這い寄り、口を使っておまちのいましめを解いた。

今度はおまちがお袖のいましめを解く。二人はよろめくように立ち上がった。

「お内儀さん……」

お袖が泣きだしそうな顔でおまちを見た。昨夜の恐怖がよみがえったのか、肩が小刻みに震えている。

「お袖、ゆうべのことは何もかも忘れなさい」

おまちが気丈にいった。

「誰にも口外してはなりませんよ」

「はい」

「さ、行きましょう」

と、お袖をうながして、おまちは足早に歩き出した。

第三章　口封じ

一

千坂唐十郎は、日本橋堀留にむかっていた。

つい先ほど、公事宿《くじやど》『大黒屋』の手代・佐吉から、堀留の料亭『花邑』にお越し願いたい、との宗兵衛の言伝てを受けたからである。

伊勢堀の堀端の桜の老樹は、もう満開の花を咲かせていた。

春がすみの空に、ひばりの啼《な》き声がひびき渡っている。

『花邑』の格子戸を開けて中に入ると、奥から顔見知りの仲居が出てきて、唐十郎を二階座敷に案内した。過日、宗兵衛とはじめて対面したときに通された座敷である。

座敷に入ると、先着していた宗兵衛が、

「ご足労いただきまして、恐縮でございます」

　両手をついて、丁重に唐十郎を迎え入れた。先日と同じように、座敷には豪勢な酒肴《しゅこう》の膳部《ぜんぶ》がととのっていた。唐十郎が着座するなり、

「どうぞ」

　と、宗兵衛が銚子《ちょうし》を差し出した。酌を受けながら、唐十郎が、

「仕事の催促ではあるまいな」

　探るような眼でそういうと、宗兵衛は「いえ、いえ」と手を振って、

「千坂さまからご報告があるまで、手前のほうから催促がましいことはいっさい申しあげません」

　と笑った。公事宿の屋号は『大黒屋』だが、円満でふくよかな宗兵衛の笑顔は、むしろ「恵比寿《えびす》さま」といったおもむきがある。

「じつは、ちょっと気になる話を小耳にはさみましてね」

「気になる話？」

「蔵前の札差《ふださし》『備前屋』さんの若内儀《わかおかみ》が何者かに誘拐《かどわか》されたと……」

「え」

　思わず猪口《ちょこ》の酒をこぼしそうになった。

『備前屋』がひた隠しに隠していたあの一件が、わずか三日後に、もう宗兵衛の

耳に入っていたのである。唐十郎がおどろくのも無理はなかった。

「その話、誰から聞いたのだ？」

「手前どもを定宿《じょうやど》にしている、越中富山《えっちゅうとやま》の薬売りです」

その薬売りは、十数年来『備前屋』に出入りしており、しかも同郷の男が『備前屋』で働いているので、内部事情にくわしいという。

「『大黒屋』」

唐十郎の眼が険しく光った。

「じつをいうと……、その一件に、おれも関わっていたのだ」

「千坂さまも！」

「おれが誘拐《かどわかし》一味に身代金を届けた。『備前屋』の大番頭に頼まれてな」

「それは、また、妙なめぐりあわせで」

信じられぬ顔で、宗兵衛がつぶやいた。

「ついでに一味の尻尾《しっぽ》をつかんでやろうと思ったのだが……」

「気づかれましたか？」

「まんまと身代金を持っていかれた。敵のほうが一枚上手だった」

そういって、唐十郎は口の端に自嘲《じちょう》の笑みをにじませ、

「ともあれ、人質は無事にもどってきたことだし、『備前屋』はこれ以上騒ぎを大きくしたくないといっている。その話は、あんたの胸にしまっておいたほうがいい」

「それはもう重々心得ております。ただ……」

じりっと膝《ひざ》をすすめて、宗兵衛が急に声を落とした。

「手前が懸念しておりますのは、今後のことでございます」

「今後のこと？」

唐十郎がけげんな顔で訊《き》き返す。

「ほかにも似たような事件がございましてね」

「やはり、誘拐事件か？」

「はい。ご存じのように、つい先日も、手前の家内があやうく誘拐されそうになりましたし……、聞くところによると、深川佐賀町《さがちょう》の廻船問屋《かいせんとんや》『渡海屋《とかいや》』さんの娘さんも同じような目にあって、多額の身代金をうばわれたとか……」

「それは、いつの話だ？」

「半月ほど前のことでございます。『渡海屋』さんの船頭から聞いた話なので、まんざら根も葉もない話ではないでしょう」

お春の事件をふくむ三件の誘拐事件が同じ一味の仕業《しわざ》だとすると、今後、第四、第五の事件が起こる恐れもある。いや、表沙汰《ざた》にならないだけで、すでに起きているのかもしれない。宗兵衛はそういって深々と嘆息をついた。

「たしかに……」

　唐十郎が大きくうなずいて、

「このまま打ち捨てておくわけにはいかんな」

強い口調でいった。誘拐一味にまんまと身代金をうばわれた悔《くや》しさと怒りが、その声にこめられていた。

「ご多用とは存じますが、先だっての〝仕事〟と併せて、その件もお含みおきいただければと……」

「わかった。心がけておこう」

　やわらかい春の陽差しが降りそそいでいる。

神田川の川面《かわも》を吹きわたってくる川風が、頬《ほお》を心地よくねぶってゆく。

まさに春風駘蕩《しゅんぷうたいとう》、春爛漫《らんまん》の午下《ひる》がりである。

柳橋の船着場の桟橋《さんばし》に一人ぽつねんと座り込んで、神田川の川面を往来する舟を、ぼんやりながめている女がいた。

お仙である。

四半刻ほど前から、丈吉の猪牙舟《ちょきぶね》がもどってくるのを待っていたのだ。

千坂唐十郎の依頼を受けて、「お峰」という茶屋女の行方を捜しはじめてから、すでに四日がたっていた。その四日間、お仙は懸命に手をつくして「お峰」の行方を追ったが、居所はおろか、手がかりすらつかめなかった。

（あとは兄さんに頼るしかない）

そう思って、柳橋の船着場にやってきたのである。

お仙は、柳橋からほど近い佐久間町《さくまちょう》二丁目の源助店《げんすけだな》という長屋にひとり住まいをしている。丈吉は深川黒江町《くろえちょう》の船宿『舟清』に住み込みで働いているので、二人が連絡《つなぎ》をとり合うのはこの桟橋と決めていたのである。

待つこと小半刻。やっと丈吉の猪牙舟が船着場にすべり込んできた。

「よう、お仙。待っていたのか」

お仙の姿を見て、丈吉が白い歯をみせて笑った。

「どうしたの？　いつもより遅いじゃない」

「物見遊山の客にあっちこっち引っぱり回されてな。……昼めしは食ったのか」

「とうに食べたわよ。兄さんは」

「食いそびれて腹ぺこだ。めしに付き合うか？」

「うん。あたしはお団子でも食べようかな」

桟橋に舟をもやうと、丈吉はお仙を連れて土手道を登っていった。

柳橋の北詰に『善六《ぜんろく》』というめし屋がある。二人はその店に入った。昼めし時がすぎているので、店は空《す》いていた。

窓際の席に座って、丈吉は焼き魚定食、お仙は串団子を注文した。

「ところで兄さん……」

団子を頬張りながら、お仙が、

「何かわかった？」

と上目づかいに訊いた。丈吉はむさぼるようにどんぶりめしをかき込んでいる。

「ゆうべ船頭仲間から耳よりな話を聞いたぜ」

「居所わかったの？」

「いや」

と、丈吉はかぶりを振り、ズズと音を立てて味噌《みそ》汁をすすりながら、

「お峰に妹がいるらしい」

声を落としていった。

「妹？……どこに？」

「浅草聖天町《しょうでんちょう》の『金龍《きんりゅう》』って居酒屋で働いてるそうだ。名はお松《まつ》。……お峰とは四つちがいだそうだから、おめえと同じ年恰好かもしれねえな」

「そう。じゃ、さっそくその女《ひと》に当たってみる」

「おれも一緒に行こうか」

「兄さん、まだ仕事があるんでしょ。いいわよ、あたし一人で。女同士のほうが話もしやすいし。……お団子代、払っといてね」

と腰をあげ、お仙はそそくさと出ていった。

柳橋から浅草聖天町までは、さほど遠い距離ではない。

蔵前の大通り（奥州街道）を北にむかってしばらく行くと、前方に小高い山が見えた。

「待乳山《まっちやま》」という。頂上に聖天宮《しょうでんぐう》が祀《まつ》られており、そこからの眺望が絶景で、江戸名所の一つに数えられている。

待乳山のふもとに聖天町がある。居酒屋『金龍』は山の登り口のすぐ近くにあった。

間口五間、奥行きは七、八間あるだろうか。居酒屋としては比較的大きな店がまえである。店の中では下働きの男女が数人、あわただしく開店の準備をしている。

「お松さんはいらっしゃいますか」

店先を掃いていた若い女に、お仙が声をかけると、女はけげんそうに振りむいて、

「わたしですけど……」

と、ためらいがちに応えた。歳のころは十八、九。ぽっちゃりとした丸顔で頰の赤い、純朴そうな娘である。

「お峰さんのことで、ちょっとおうかがいしたいことが」

「姉のことで？　……失礼ですが、あなたは？」

「以前、本所の『如月』で一緒に働いていたお仙という者です。お峰さんが姿を消してしまったと人づてに聞きましてね。心配になって心当たりを捜していると
ころなんです」

「そうですか。ご心配おかけして申しわけございません」

お仙の方便を疑うふうもなく、お松は素直に礼をいった。

「あなたはご存じなんですか？　お峰さんの居所」

「姉は……」

お松がふっと顔を曇らせ、

「亡くなりました」

伏し眼がちにぽつりと応えた。

「えっ」

思わず息をのみ、お仙は虚をつかれたような顔でお松を見かえした。

「ふた月ほど前に……、大川に身を投げて自害したんです」

「……！」

お仙は絶句した。おどろきを越えて、戦慄《せんりつ》のようなものが背筋を奔《はし》った。

お松の話によると、お峰の死体は、本所横網《よこあみ》町の大川端、俗に「百本杭《ぐい》」とよばれる川岸で発見されたそうである。死体の両足首は細い麻縄でしばられ、着物の両たもとには〝重し〟のためのこぶし大の石が十数個詰められていたという。

覚悟の入水《じゆすい》自殺であることは、誰の眼にも明らかだった。

お峰の亡骸《なきがら》はお松が引き取り、本所石原町《いしわらちよう》の正善寺《しようぜんじ》で荼毘《だび》に付したという。

「でも、なぜ……？」

気を取り直して、お仙が訊いた。

「わかりません。……わたしにもさっぱりわからないんです」

お松が困惑げに首をふって、

「自害する三日前に……、めずらしく姉がたずねてきて、近々、まとまったお金が入るから二人で箱根《はこね》にでも遊山に行かないかって……」

「遊山に？」

「のんびり温泉につかって、おいしいものを食べて、命の洗濯をしてこようって……。姉は楽しそうにそう語っていました。その三日後に自害してしまうなんて、わたしにはどうしても得心がいかないんです。今でも信じられません」

「………」

言葉もなく、お仙は茫然《ぼうぜん》と佇立《ちょりつ》していた。

二

「消されたというわけか」

青みを帯びて、氷のように冷たい光を放つ左文字国弘の刀身に、じっと見入っていた唐十郎がつぶやくようにいった。背後にお仙がちょこんと座っている。

神田多町の貸家の居間である。

「ほかに自害する理由は見当たらないし、それ以外に考えられませんよ」

お仙が憤然という。

「下手人は……、又三って男だな」

左文字国弘に砥粉《とのこ》を打ちながら、唐十郎が断定的にいった。

「『三升屋』の売買の仲立ちをした男ですか」

「ああ、お峰は又三にそそのかされて『三升屋』の長次郎をたらし込み、土地・家作の沽券《こけん》を騙《だま》しとったにちがいない。又三はその沽券を久兵衛という男に転売した。おそらくそれで四、五百両の金を手に入れたはずだ」

「そういえば、近々まとまったお金が入るって」

「まとまった金？……お峰がそういったのか」

「ええ、そのお金で妹さんと箱根に遊山に行くつもりだったそうですよ」

「お仙」

カシャッ、と刀を鞘《さや》におさめて、唐十郎がゆっくり振りむいた。

「これで絵解きができたな」

「絵解きって？」

お仙がきょとんと見返す。

「お峰は又三に利用されたあげく、口を封じられたのだ。おそらく長次郎も生きてはいまい」

「又三に殺された、と？」

「うむ。事件の発覚を恐れて、死体を人目につかぬ場所に埋めたか、江戸湾の底にでも沈めたのだろう」

「ひどい話……」

お仙が声をとがらせた。切れ長な双眸《そうぼう》に怒りがこもっている。

「さっそく又三って男を捜し出して、お峰さんの怨《うら》みを晴らしてやらなきゃ……」

「その仕事はほかの者にやらせる」

といって、唐十郎はふところから小判を一枚取り出し、お仙に手わたした。

「ご苦労だった。約束の仕事料だ」

「旦那《だんな》……」

お仙が釈然とせぬ顔で、

「あたしたちのほかにも手先がいるんですか？」

「おれの手先ではない。裏稼業の元締めに雇《やと》われた男だ。そのうちおまえたちにも引き合わせよう」

「そう」

お仙の顔に屈託のない笑みがもどった。受け取った小判を帯の間にはさみ込むと、つと立ち上がって、

「また何かあったら、遠慮なくいってくださいな」

「おまえの住まいを聞いてなかったな」

「佐久間町二丁目の源助長屋。……じゃあね」

ひらりと裾《すそ》をひるがえして、お仙は出ていった。

そのうしろ姿を見送ると、唐十郎はゆったりと立ち上がって、身支度をととのえはじめた。馬喰町の重蔵の店をたずねようと思ったのである。

『三升屋』が人手にわたった経緯と、長次郎失踪《しっそう》の謎は、お仙がつかんできた情報によってほぼ解けた。だが、肝心の又三の所在がまだわからない。重蔵がどこまで探索をすすめているのか、それが知りたかった。

袴《はかま》をはき、腰に左文字国弘を落とし差しにして玄関に出たとき、ふいに引き戸ががらりと開いて、重蔵が入ってきた。

「おう、重蔵か。これからおまえの店をたずねようと思っていたところだ」

「そいつは間《ま》がようござんしたね」

重蔵がにっと笑った。

「何かわかったのか」

「へい。又三の居所がわかりやしたよ」

「そうか。部屋でゆっくり聞かせてもらおう」

重蔵をうながして、唐十郎は居間にもどった。

「又三って野郎は、本所界隈《かいわい》でちょっとは顔の売れた〝玉出し屋〟でしてね」

腰を下ろすなり、重蔵が語りはじめた。「玉出し屋」とは、遊里の水茶屋や女郎屋、曖昧宿《あいまいやど》などに女を周旋《しゅうせん》する女衒《ぜげん》のことである。

先夜、本所尾上町の土手道で唐十郎を襲った五人の破落戸《ごろつき》どもは、おそらく又三の息のかかった「玉出し屋」仲間であろう。重蔵の話を聞いて、唐十郎はそう思った。

「いっとき本所の盛り場からぷっつり姿を消しちまったんですが……」

重蔵がつづける。

「ごく最近、深川の盛り場でやつを見かけたって者がいるんで」

「深川で？」

「門前仲町《もんぜんなかちょう》の『万寿楼《まんじゆろう》』って水茶屋に出入りしてるそうです」

「やつの住まいはわからんのか」

「それが……」

重蔵が苦い顔でいう。

「用心深い男でしてね。ねぐらを転々と変えてるんですよ」

「そうか……。とすれば、その『万寿楼』という水茶屋に張り込むしか手はあるまいな」

「へえ」

深川門前仲町は、その町名が示すとおり、深川富《とみ》ケ岡《おか》八幡宮《はちまんぐう》の門前に栄えた、府内屈指の歓楽街である。

南町奉行・大岡越前守が在任中の享保年間、風俗の取り締まりや私娼の検挙をきびしく励行したため、一時は火が消えたようにさびれたが、越前守が寺社奉行に転任になってからは、ふたたび活況がもどり、現在は吉原遊廓《ゆうかく》をしのぐにぎわいを見せていた。

今宵も、門前仲町の表通りには、祭りのような喧騒《けんそう》が渦巻いている。

一ノ鳥居をくぐって、東に半丁ほど行ったところに、水茶屋『万寿楼』はあった。桟瓦《さんがわらぶ》葺きの二階建て、唐破風《からはふ》屋根の玄関、間口五間ほどの大見世《みせ》である。

煌々《こうこう》と明かりを灯《とも》した窓から、にぎやかな弦歌がひびいてくる。

その一室で、狐《きつね》のように眼のつり上がった三十一、二のやくざふうの男が、むっつりと手酌で酒を飲んでいた。又三である。

又三が『万寿楼』に出入りするようになったのは、この見世のお島《しま》という茶屋女を目当てに、連夜のごとく通いつめている男がいるとの情報を得たからである。

男の名は、吉兵衛《きちべえ》。日本橋室町《むろまち》の蠟燭《ろうそく》問屋『宇之屋《うのや》』のあるじである。

吉兵衛は四年前に女房と死に別れ、四十三になる今日まで独り身を通してきた。ところが、ふた月ほど前にふらりと足を踏み入れた『万寿楼』でお島と出会い、一目惚《ぼ》れしてしまったという。

何もかもが『三升屋』の長次郎とそっくりだった。しかもお島という茶屋女は、又三が五年前に『万寿楼』に周旋した〝玉〟なのである。まさにおあつらえむきの「お膳立て」だった。

一本目の徳利が空になったとき、からりと襖《ふすま》が開いて、あでやかな藤色小紋の女がしんなりと入ってきた。ほんのり桜色に上気した頰、ほつれた鬢《びん》、だらしなくはだけた胸元に客との情事の余臭を生々しくただよわせている。

「疲れた……」

ぽつりといって、女は又三のかたわらに崩れるように腰を下ろした。

「吉兵衛は帰ったのか」

「やっとね……。あいつ、しつこいんだから」

女は徳利の酒を猪口についで、カッとあおった。この女がお島である。

「そろそろ仕掛けどきかもしれねえな」

「仕掛けどき?」

「おめえのほうから野郎の家に押しかけてったらどうだ」

「一緒に住めってこと?」

「半月ほどの辛抱だ。その間に野郎を骨抜きにして、土地・家作の沽券を騙し取るって寸法よ。おめえの手練手管《てれんてくだ》を使えば造作もねえだろう」

「半月もあの男と暮らすなんて……、考えただけでむしずが走るよ」

お島は露骨に嫌な顔をした。

「お島」

又三の手がお島の肩にかかった。

「あの店を売り飛ばせば六百両の金になる。その半分はおめえのものになるんだぜ」

「半分っていうと……」

「三百両だ。この見世の借金を返しても、二百五十は手元に残る。たった半月の辛抱で一生楽に暮らせるんだから、こんなうめえ話はねえだろう」

そういいつつ、又三はお島の胸元に手をすべり込ませ、やさしく乳房をもみしだいた。

「本当に……、本当に、半月の辛抱なんだね」

「半月かかるか、五日ですむか。あとはおめえの腕しだいよ」

「又さん……。ああ……」

又三の手がお島の着物の下前を割って、はざまをなでまわしている。

「そりゃ、あたしだって……。こんな商売から一日もはやく……足を洗いたいさ」

腰をくねらせながら、お島があえぐようにいった。

又三がお島の躰《からだ》を畳の上に寝かせた。むき出しになった両脚を押しひらき、股《こ》間《かん》に顔をうずめる。そこにも吉兵衛との情事の余臭が濃厚にただよっていた。

「おめえならやれる。……おめえの、この道具を使えば……、骨抜きどころか、野郎の魂《たましい》まで引っこ抜くことができるぜ」

ささやくようにいいながら、又三は舌先でお島の秘所をなぶりまわした。


一ノ鳥居の西側の路地に小さな煮売《にう》り屋があった。

店内は浪人者や行商人、職人、人足など、雑多な客でごった返している。

甲高《かんだか》い声、人いきれ、煮炊きの煙が充満する店の一隅に、ひとり黙然と猪口をかたむけている千坂唐十郎の姿があった。

時刻は五ツ（午後八時）を少し回っている。

唐十郎がこの店に入ってから四半刻ほどたっていた。二本の徳利はすでに空《から》になっている。猪口の酒を飲みほして、三本目を注文しようとしたとき、重蔵が客の眼をはばかるようにこそこそと入ってきて、唐十郎の卓の前に立った。

「どんな様子だ？」

唐十郎が顔をあげて、小声で訊いた。

「たったいま『万寿楼』を出やした」

「よし」

小さくうなずいて立ち上がり、卓の上に酒代をおくと、重蔵のあとについて煮売り屋を出た。

表通りは、あいかわらずの人波である。西念寺《さいねんじ》の門前にさしかかったところで、

「あいつです」

と重蔵が指をさした。五間（約九・一メートル）ほど先の人ごみの中を、足早に歩いてゆく小柄な男がいた。重蔵の指はその男の背中を指している。うなずいて、唐十郎は歩度を速めた。

西念寺の土塀《どべい》が切れたあたりに、右に折れる小路があった。通称「西念寺横丁」。

又三はその横丁に入っていった。道の両側には、いまにもひしげそうな陋屋《ろうおく》が軒《のき》をつらねている。あたりは薄暗く、すえた臭いが鼻をつく。どぶの臭いだ。

横丁をぬけると、掘割通りに出た。

左手に流れる掘割は「黒江川《くろえ》」。川幅八間（約十四メートル）の大きな掘割である。川下に架かる奥川橋《おくかわ》の手前で、又三に追いついた。

「又三」

唐十郎が声をかけると、又三はぎくりと足をとめて振りむき、

「あっしに、何か……？」

狐眼をさらにつり上げて、警戒するように二人を見た。

「『三升屋』長次郎のことで訊きたいことがある」

「み、『三升屋』！」

又三の顔に驚愕《きょうがく》が奔った。

「長次郎はどこにいる？」

「し、知らねえ！」

叫ぶやいなや、又三はパッと身をひるがえして奔馳《ほんち》した。が、それより迅《はや》く、唐十郎の左文字国弘が一閃《いっせん》していた。紫電《しでん》の架裟《けさ》がけである。切っ先が又三の右肩をかすめ、鮮血が糸を引くようにほとばしった。

又三は肩の傷口を手で押さえながら、一目散に逃げ出した。

「待ちやがれ!」

重蔵が猛然と追う。唐十郎も走った。半丁ほど追ったところで、重蔵が、

「あっ」

と、たたらを踏んで立ち止まった瞬間、又三の姿が忽然《こつぜん》と視界から消え、
どぼん。

と水音が立った。黒江川に身を投じたのだ。二人は、すかさず川岸に走り寄って川の流れに眼をやった。暗い川面に無数の水泡がわき立っている。

深い闇《やみ》が、又三の姿を飲み込んでいた。

「くそッ」

重蔵が悔しそうに歯噛《はが》みした。

「この暗がりでは捜しても見つかるまい。……行こう」

重蔵をうながして、唐十郎は背を返した。

三

黒江川は、奥川橋の先で左に大きく湾曲し、油堀《あぶらぼり》に流れ込んでいる。

油堀の西岸には、伊勢の豪商・九郎右衛門《くろうえもん》の土蔵が立ち並んでいる。その数が四十八棟あったところから、俗に「いろは蔵」とも呼ばれている。

闇に塗りこめられた船入《ふない》りに、大小の川荷船がひっそりと船影をつらねている。

と……、

川岸の闇がかすかに動いて、船入りの桟橋にぽつんと黒影がわき立った。

全身ずぶ濡れの又三である。

ここまで必死に泳いできたのだろう。肩で激しく息をつきながら、着物の袖口を引き裂いて右肩の傷口から流れ出る血を拭《ぬぐ》いとると、又三はよろめくように立ち上がって闇の深みに走り去った。

小半刻後、又三は日本橋浜町の武家屋敷街の小路を走っていた。

前方に榊原家の別墅《べっしょ》の冠木門《かぶきもん》が見えた。又三はころがるように門をくぐり抜け、玄関に走り込んだ。物音を聞きつけて、奥の部屋から小肥りの浪人が出てきた。

「又三か、どうした？」

「ふ、深川の黒江町で……、浪人者に斬《き》られやした」

「浪人者に？」

「しばらく、ここで休ませておくんなさい」

「傷の手当てをしてやる。上がれ」

「へい」

浪人のあとについて、又三は玄関わきの小部屋に入った。浪人は部屋のすみの木箱の中から傷薬を取り出して又三の傷口に薬を塗り、白木綿《もめん》のさらしを差し出して、

「これを巻いておけ」

「ありがとうございます」

「何かどじでも踏んだのか」

「いえ」

と、又三はかぶりを振って、ことの顚末《てんまつ》を子細《しさい》に語って聞かせた。話を聞き終えた浪人が、険しい表情で立ち上がり、

「一応、辰馬どのに報告しておこう」

いいおいて、部屋を出ていった。

奥の板敷きの部屋で、四人の男たちが骰子博奕《さいころばくち》に興じていた。檜垣伝七郎と配

下の二人の浪人、そして榊原辰馬である。そこへ小肥りの浪人が入ってきて、

「又三が得体のしれぬ浪人に斬られたそうだ」

といった。檜垣がぎろりと振りむいた。

「喧嘩《けんか》沙汰か」

「いや、『三升屋』の一件を嗅《か》ぎつけられたらしい」

「『三升屋』の一件を?」

けげんな顔で訊き返したのは、辰馬である。

「長次郎の行方を訊かれたそうだ。知らぬと応えたら、いきなりその浪人に斬りつけられたとか」

「まさかその男、公儀の探索方ではあるまいな」

檜垣が独語するようにいった。常識で考えれば、たかが乾物《かんぶつ》屋の乗っ取り事件に、公儀の探索方が動くわけはない。しかも相手は浪人風情《ふぜい》である。公儀の探索方とむすびつけるのは、あまりにも飛躍しすぎている。

だが……、
辰馬はその可能性を否定しなかった。なぜなら『三升屋』の事件に、辰馬も少なからず関わっていたからである。町方の事件であっても、武士が関わっていれ

ば、公儀の探索方が動くことは十分あり得るのだ。

もともと『三升屋』の一件を嗅ぎつけてきたのは、徒目付《かちめつけ》の真崎三十郎だった。

二カ月前のある日、真崎は旧知の北町奉行所定廻《じょうまわ》り同心・今井半兵衛《いまいはんべえ》から、本所の玉出し屋・又三が女がらみのいざこざを種《ねた》に、鎌田伊右衛門《かまたいえもん》なる御家人《ごけにん》を強請《ゆす》っているという情報を得て、その事件の内偵に動いていた。

ちなみに徒目付とは目付の支配下で、諸侯・旗本の素行調査や城内の警備、また目付の令によって文案の起草、旧規の調査などを行う役職である。役料は百俵五人扶持《ぶち》、譜代《ふだい》席で定員はおよそ五十名。現代の検察特捜部のような強大な権限を持っていた。

数日後、真崎は又三を捕らえて吟味《ぎんみ》にかけた。

すっかり観念した又三は、神田須田町の乾物屋『三升屋』のあるじ・長次郎からも金を脅《おど》し取ろうとしていたことを白状したのである。

真崎からその話を聞いた辰馬は、

「そいつを大番屋から解き放つわけにはいくまいか」

と相談を持ちかけた。又三の女（お峰）を使って『三升屋』の土地・家作の沽券を騙し取ろうと企てたのである。

「できぬ相談ではない。やってみよう」

強請《ゆすり》は死罪に相当する重罪だが、真崎は定廻り同心の今井半兵衛を金で抱き込んで、又三の罪を不問に付させ、大番屋から引き出した。

「おかげで首がつながりやした。あっしでお役に立つことがあれば、何なりとお申しつけください」

晴れて無罪放免となった又三は、額をこすりつけんばかりに辰馬と真崎の前にひれ伏した。この瞬間から、又三は二人の忠実な手下になったのである。

そして、計画はまんまと成功した。

『三升屋』の沽券が手に入ったところで、辰馬の意を受けた檜垣伝七郎たちが長次郎を殺害し、死体を駒込千駄木《こまごめせんだぎ》の雑木林の中に埋めた。

お峰を身投げに見せかけて殺したのは、又三である。

その数日後に『三升屋』の沽券は、足袋屋《たびや》『九十九屋』に売り渡され、辰馬と真崎の手には四百両の大金がころがり込んできた。

――というのが、『三升屋』事件の一部始終である。

「いずれにしても……」

眉宇《びう》をひそめて、辰馬が四人の浪人の顔を見まわした。

「又三の身に探索の手が迫ったとなると、放ってはおけんな」

「禍《わざわい》の芽は早めに摘《つ》み取っておいたほうがよかろう」

檜垣の眼に残忍な光がよぎった。

「やるか」

頬に刀疵《かたなきず》のある瘦《や》せ浪人がいった。それに呼応して二人が立ち上がろうとすると、

「おぬしたちの手を借りるまでもない。わし一人で十分だ」

檜垣が大刀をつかみ取って立ち上がり、大股《おおまた》に部屋を出ていった。

玄関わきの小部屋の前で足をとめて、

「又三、寝たのか」

と中に声をかけると、襖が開いて、又三が顔を出した。

「何か御用で？」

「傷はどんな具合だ？」

「おかげさまで痛みはだいぶやわらぎやした」

「そうか。それはよかった。……わしに付き合わんか」

「え」

「小腹が空いたので、そばでも食いに行こうと思うのだが」

「けど、こんな時分にそば屋は……」

と、又三がいいさすのへ、

「小川橋の東詰に担ぎ屋台のそば屋がいる。あのそば屋は旨《うま》いらしい。行こう」

あごをしゃくって、檜垣は玄関に下りた。又三もしぶしぶあとについた。

二人は武家屋敷街の路地をぬけて、浜町河岸に出た。

浜町堀は、上流の緑橋《みどりばし》で神田堀とつながり、下流は大川の中州《なかす》（俗に三つ股《また》という）にそそぎ込んでいる。この堀の両岸を浜町河岸と俚称《りしょう》した。

堀にそって南にしばらく行くと、前方に小さな橋が見えた。小川橋である。

「檜垣さま」

又三が先を行く檜垣に声をかけた。

「屋台の灯《ひ》が見えやせんが……」

「うむ」

うなずいて、檜垣がゆっくり振りむいた。右手が刀の柄にかかっている。

「――ま、まさか！」

又三の顔が凍りついた。

「気の毒だが、死んでもらう」

「ご、ご冗談を！　あ、あっしがいったい何をしたっていうんですかい！」

わめきながら後ずさった。

「…………」

檜垣は無言のまま、じりっと歩をすすめる。

「わーッ！」

悲鳴をあげて、又三が身をひるがえした。

刹那《せつな》。

檜垣の大刀が刃うなりをあげて、又三の背中に飛んだ。

音を立てて血が噴出する。又三の上体が異様にねじれ、前に大きくのめった。

ざっくり割れた背中から白いものが飛び出している。背骨が断ち切られたのだ。

又三の上体が直角に折れている。ほぼ即死だった。

おどろくべきことに、それでもまだ立っている。血をまき散らしながら二、三歩よろめき、突んのめるように浜町堀に転落した。

ざぶん、と水音が立つ。

檜垣は刀の血ぶりをして鞘におさめると、掘割の流れに眼をやった。

無数の血泡とともに又三の死体が水面にぽっかりと浮かび上り、やがて浮き沈みしながら川下に流されていった。

それを見届けると、檜垣は何事もなかったように悠然と踵《きびす》を返した。

東の空がしらじらと明け初《そ》めたころ……。

朝靄《あさもや》がたゆたう大川の川面を、一艘《そう》の川舟がすべるように走っていた。

櫓《ろ》をこいでいるのは、日本橋小網《こあみ》町の川魚料理屋『一柳《いちやなぎ》』のあるじ・茂兵衛《もへえ》である。

茂兵衛は、ほとんど毎朝舟を出し、大川で漁をしている。自分で獲《と》った旬《しゅん》の魚を料理して客に供すのが『一柳』の〝売り〟なのだ。

新大橋の下流の三つ股付近で舟をとめた。この時期、三つ股の周辺では白魚がよく獲れる。茂兵衛はその白魚をねらって投網《とあみ》を打った。

ずっしりと手応えがあった。胸をおどらせて網を引き揚げた瞬間、

「ぎえッ」

奇声を発して、茂兵衛は腰を抜かした。

網にかかっていたのは、又三の斬殺《ざんさつ》死体だった。

「旦那ァ!」

丈吉が血相変えて唐十郎の家に駆け込んできたのは、午を少しすぎたころだった。

居間で茶を飲んでいた唐十郎が振りむくと、丈吉が飛び込んできて、

「又三が殺されやしたぜ!」

と急《せ》き込むようにいった。

「なに」

「大川の三つ股で死体が見つかったそうです」

「……!」

唐十郎の顔に驚愕が奔った。が、すぐに気を取り直して、

「死体はどんな様子だった?」

「船頭仲間から聞いた話なんですが、背中をざっくり斬られて、背骨が飛び出していたそうで」

「そうか」

唐十郎が斬ったのは右肩である。それも切っ先がわずかにかすめた程度の浅い傷だ。明らかに又三はべつの人間に斬られたのである。背骨が飛び出すほどの深い傷だとすると、得物《えもの》は刀以外に考えられない。

「侍の仕業とみてまちがいねえでしょう」

丈吉も同じことを考えていた。

「丈吉」

空の湯呑みをことりと畳の上において、唐十郎が険しい表情で丈吉を見た。

「この事件《やま》、思ったより根が深そうだな」

丈吉が暗澹《あんたん》とうなずいた。

四

その日の夕刻。

唐十郎は日本橋馬喰町の公事宿『大黒屋』をたずねた。

夕食時と客の到着時刻がかさなったために、宿の出入口は大混雑している。

唐十郎は裏にまわって、勝手口から中に入った。応対に出た女中に名を告げると、番頭の与平が飛んできて、奥座敷に案内された。

待つこと須臾《しゆゆ》(十二、三分)、宗兵衛がせわしなげな様子で入ってきた。

「お待たせいたしました」

「忙しそうだな」

「この時刻はとくに立て込みましてね」

宗兵衛が申しわけなさそうな顔でいった。

廊下を、あわただしく行き交う足音が、絶え間なくひびいている。

公事宿の夕食は、一般庶民より半刻(一時間)ほど早い七ツ(午後四時)である。宿泊客は宿の台所の板間に集まって食事をとる。

『大黒屋』の客は一日平均二十人ほどで、その半数が公事訴訟のために近在から江戸に出てきた客、半数は堂社物詣《どうしやものもうで》(観光)や商用の旅客である。ちなみに宿泊代は、朝夕二食付きで一泊二百四十八文。ほかの物価にくらべるとやや高いが、それでも京坂の旅籠《はたご》よりは、はるかに安いという。

宿には風呂がないので、客たちは夕食の時刻に合わせて近所の銭湯に行き、先を争っていっせいにもどってくる。その時刻をはずすと夕食にありつけないからだ。

「台所はまるで戦場《いくさば》のような騒ぎですよ」

そういって、宗兵衛は苦笑を浮かべた。が、すぐにその笑みを消して、

「何かお急ぎのご用むきでも？」

と探るような眼で唐十郎を見た。

「『三升屋』の一件だが……、残念ながら、長次郎はもうこの世にいない」

宗兵衛の顔が硬直した。

「亡くなったのですか」

「又三という男に殺されたのだ」

唐十郎はそういい切ったが、しかし、これは明らかなまちがいだった。又三は直接手を下していない。長次郎を殺したのは檜垣伝七郎たちである。

もっともこの時点で、唐十郎は又三の背後に檜垣たちの存在があったことを知らなかったし、知るすべもなかったのだ。ことの成り行きからみて、又三を下手人と断定したのはあながち見当ちがいとはいえないだろう。

「何者なんですか、その男は？」

宗兵衛が眉《まゆ》をひそめて訊いた。

「本所・深川を縄張りにしている〝玉出し屋〟だ」

その又三が、茶屋女・お峰をそそのかして長次郎に接近させ、『三升屋』の土地・家作の沽券を騙し取ったこと、その沽券を足袋屋『九十九屋』に転売したこと、さらには、お峰までも身投げに見せかけて殺したことなどを淡々と語り、

「昨夜《ゆうべ》、ようやく又三の居所を突きとめたのだが、すんでのところで取り逃がしてしまった」

そこで言葉を切って、唐十郎は深く嘆息をついた。

「そうですか」

宗兵衛も落胆の色を隠せない。肩を落としていった。

「とすると、もう江戸にはおらんでしょうな」

「いや、見つかったのだ」

「え」

「死体でな」

宗兵衛はほとんど声を失っている。長次郎の失踪に端を発したこの事件が、これほど残忍で凶悪な事件に発展しようとは、まったく予想もしていなかったことである。宗兵衛が驚愕するのも無理はなかった。

「口を封じられたのだろう」

「ということは……、つまり」

宗兵衛がようやく口を開いた。表情は強張ったままである。

「ほかにも仲間がいたということでございますな」

「うむ」

苦い顔で、唐十郎がうなずいた。

「いまのところ、又三殺しの下手人については何の手がかりもない。誘拐《かどわかし》事件と併せて引きつづき調べをすすめるつもりだが……、長次郎の行方に関しては、いま申し述べたことがすべてだ」

「お話はうけたまわりました。明後日《あさって》、訴え人の巳之吉さんが江戸に出てまいりますので、本人にその旨伝えておきましょう」

「用件はそれだけだ。忙しいところ邪魔したな」

といって、唐十郎が腰をあげようとすると、

「お待ちくださいまし」

宗兵衛が金箱から五両の金子を取り出して、唐十郎の前においた。

「お約束の仕事料でございます」

「仕事料？」

「巳之吉さんからの訴えは一応これで落着ということに……」

『三升屋』事件の全容が明らかになり、主犯と目された又三は、結果的にこの世から消えた。したがって、唐十郎に依頼した〝裏公事〟の仕事はこの時点で成立する。又三殺しは別件と考えるべきである、というのが宗兵衛の理屈である。

「このへんで区切りをつけなければ際限がございませんので。……どうぞ遠慮なくお納めくださいまし」

むろん、唐十郎にも異存はない。すすめられるまま五両の金を受け取ると、

「では」

と、一礼して部屋を出ていった。

帰りがけに元鳥越の小料理屋『ひさご』に立ち寄った。

時刻が早いせいか、まだのれんは出ていない。格子戸を引き開けて中に入ると、奥の板場でお喜和が料理の仕込みをしていた。

「あら旦那、おはやいお出ましですこと」

お喜和が振り返って、にっこり微笑《わら》った。

「一杯飲ませてもらえぬか」

「どうぞ、どうぞ」

と奥の席に案内する。

「冷やでいい？」

「ああ……。旨そうな匂いがするな」

「鯉《こい》の甘煮《うまに》を作っていたところなんですよ。食べてみます？」

「うむ」

お喜和が冷や酒と鯉の甘煮の小鉢を運んできて、どうぞと酌をする。唐十郎は猪口をかたむけながら、小鉢の甘煮を箸《はし》でつまんで口に入れた。

「どう？　お味は」

「旨い。一流の料亭にも引けをとらぬ味だ」

「ふふふ、旦那にそういわれると、お世辞でもうれしいわ」

お喜和は真率《しんそつ》うれしそうに顔をほころばせた。

「ところで……」

猪口の酒を呑みほして、唐十郎が訊いた。

「その後、『備前屋』の大番頭は姿を見せんのか」

「三日前にお見えになりましたよ。……あ、そうそう、そのことで旦那の耳に入れておきたいことが……」

つと膝を乗り出して、お喜和が小声でいった。

「『備前屋』のおまちさん、実家《さと》に帰されたんですって」

「おまちって、若内儀のことか」

「ええ」

「どういうことなんだ、それは」

「表向きは、躰の具合が悪くて実家で養生してるってことになってますけど、どうやら夫婦仲がうまくいってなかったようですよ。あの事件以来」

「それも妙な話だな」

唐十郎は小首をかしげた。

「あんな事件があったからこそ、逆に夫婦仲は尚更《なおさら》よくなりそうなものだが」

『大黒屋』宗兵衛がいい例である。女房のお春が無事にもどってきた翌日、宗兵衛はわざわざ唐十郎の家をたずねてきて、「千坂さまは家内の命の恩人でございます。あらためて手前のほうからも御礼申しあげます」と、あれほど喜んでいたではないか。

「たしかにおまちさんは無事にもどってきましたよ。けど……」

お喜和が複雑な表情で言葉をつぐ。

「相手はどこの馬の骨かわからぬ男たちですからねえ。おまちさんは年も若いし、世間でも評判の美人だし……。無疵で帰されたとは思えないんですよ」

「つまり……」

唐十郎が険しい眼で見返した。

「一味に操《みさお》をうばわれたということか」

「わたしがおまちさんの亭主だったら、まずそれを疑いますね」

「なるほど……」

このとき、唐十郎の思念は、まったくべつのところに飛んでいた。

誘拐一味の唯一の目撃者は、『備前屋』の若内儀・おまちと女中のお袖である。世間体をはばかって『備前屋』は、誘拐事件をひた隠しに隠している。当然のことだが事件の当事者であるおまちとお袖の口もきびしく緘《かん》されたにちがいない。

清太郎とおまちの夫婦仲が、従前どおり円満にいっていれば、おそらく、おまちの口から誘拐一味の実体が語られることは永遠にないだろう。

しかし、現実はちがった。

おまちは、病《やまい》を理由に実家に帰されたのである。事実上の離縁といっていい。

——いまなら事件の真相を告白してくれるかもしれぬ。

唐十郎はそう思った。『備前屋』との縁が切れたことで、おまちの口を緘して いた封印も解けたのではないかと考えたのである。

「お喜和、折入って頼みがあるのだが……」

「何ですか」

「一度、おまちに会ってもらえぬか」

「わたしが？」

「誘拐一味に関する情報《てがかり》を引き出してきてもらいたいのだ。女同士ならおまちも 心を許してくれるだろう」

「その前に旦那、本当のことを話してくださいな」

「本当のこと？」

「わたしに隠しごとなんて、水臭いじゃありませんか」

すねるように、お喜和が声をとがらせた。

「わからんな。どういうことだ」

「この間、別の仕事を引き受けたっていってましたよね。それってどんな仕事なんですか」

「ああ」

とうなずいて、唐十郎は微苦笑をもらした。

「あのときは『備前屋』の大番頭がいたので、くわしい話はできなかったが……、じつは馬喰町の公事宿『大黒屋』の裏仕事を引き受けたのだ」

「裏仕事？」

猪口をかたむけながら、唐十郎は宗兵衛から依頼された裏仕事の内容をかいつまんで説明し、誘拐事件もその裏仕事の一つであることを打ち明けた。

それを聞いて、お喜和はようやく納得し、

「わかりました。やってみます」

と快諾してくれた。唐十郎の前では情のこわい女だが、いったん腹が据《す》わると男のように気丈夫で、頼りがいのある女でもある。

五

翌日の午下がり。

お喜和は身支度をととのえて家を出た。

おまちに警戒されないように、いつもより化粧を薄めにし、着物もできるだけ地味なものを選んだ。誰が見ても小商人《こあきんど》の女房といった身なりである。

おまちの実家は、湯島天神の門前町にあった。料亭や茶屋、小料理屋などが立ち並ぶ繁華街の一角にある、間口三間ほどの小さな小間物屋である。

紺地ののれんに『かなえ屋』の屋号が白く染め抜いてある。

その屋号を確認して、お喜和は店の中に足を踏み入れた。おまちが店頭にならべられた小間物にはたきをかけている。ほかに家人の姿は見当たらなかった。

「いらっしゃいませ」

おまちが笑顔で振り返った。その笑顔が意外なほど明るく燿いているので、お喜和のほうがいささか面食らった。

「おまちさんですね」

「ええ」

「わたし、喜和と申します」

「何か……？」

　おまちがけげんそうな眼で見た。

「内密の話があるんです。ここでは何ですから、ちょっとお付き合い願えませんか」

　おまちは一瞬ためらうように視線を泳がせたが、意を決するように、

「わかりました」

　といって、お喜和のあとにしたがった。

　二人は湯島天神に足をむけた。

　境内には湯島名物の梅の花にかわって、満開の桜が咲き乱れていた。

　湯島天神は文和《ぶんな》四年（一三五五）、湯島の郷民《ごうみん》が霊夢《れいむ》を感得《かんとく》して、菅原道真《すがわらのみちざね》を古松のもとに勧進《かんじん》・創祀《そうし》した古社で、『神社由緒』には文明《ぶんめい》十年（一四七八）に太田道灌《おおたどうかん》が修建したと記されている。

　拝殿のわきの梅の古木の前で、お喜和がふと足をとめて振り返り、

「誘拐一味に関する手がかりが欲しいんです」

ずばりといった。おまちの顔に戸惑いとおどろきの色が浮かんだ。

「なぜ、それを……?」

「同じ女として許せないんです。その一味を」

「………」

「あなたの怨み、きっと晴らしてみせます。わたしを信じてください」

おまちは気づかわしげな眼で周囲を見まわした。二人のそばをひっきりなしに参詣人《さんけい》が行き交っている。

「もう少し静かな場所に行きましょう」

小声でそういうと、おまちは踵を返して歩き出した。

裏門を出る。そこに二つの坂道があった。男坂と女坂である。男坂は下谷《したや》広小路のほうに下る長さ九間の急坂である。女坂は男坂の北側にあり、裏門外からゆるやかに板倉越中守《いたくらえっちゅうのかみ》の上屋敷のわきへ下る、長さ三十間の坂である。

おまちは女坂のほうに足をむけた。

「わたしを誘拐したのは……」

坂道をゆっくり下りながら、おまちが抑揚のない低い声で語りはじめた。

「二人の浪人です。一人は小肥りの赤ら顔、もう一人は右頬に疵のある痩せた浪人……」

「…………」

お喜和は黙って聞いている。

「ふいを襲われたので、一瞬、何が起きたのかわかりませんでした。気がつくと両手をしばられ、口に猿《さる》ぐつわを嚙まされて駕籠《かご》の中に押し込められていました」

「襲われた場所は？」

「日本橋駿河町の路地です。そこから駕籠で小半刻（一時間弱）ほど行ったところで下ろされました。場所はよくわかりませんが、どこかの屋敷の土蔵でした」

「一味は、その二人だけでしたか」

「いえ、ほかにも何人かいたようです」

「その連中も浪人？」

「二人だけ、身なりのきちんとした侍がいました。二十四、五の若い侍です」

そういうと、おまちはふいに足をとめて、坂の下の景色にうつろな眼をやった。

「おまちさん……」

お喜和の顔が曇った。おまちの白い頬に涙が流れている。あの夜の忌まわしい記憶がよみがえったのだろう。見開いた双眸にとめどなく涙があふれ、花びらのような唇がわなわなと震えている。

「…………」

お喜和は言葉を失った。訊くまでもなく、おまちの涙がすべてを語っている。

ややあって、おまちがふたたび歩を踏み出した。そして気丈にも、今度は透き通るような明瞭《めいりよう》な声で、

「わたしには、もう失うものは何もありません。すべてをお話しします」

きっぱりといった。

「その二人の侍に汚《けが》されたんです」

予想していたことだが、あらためておまちの口からその言葉を聞いて、お喜和は胸を刺されるような衝撃をおぼえた。『備前屋』を追い出された理由《わけ》は、やはりそれだったのだ。

「口に出すのもはばかられるような 辱《はずかし》めを受けたんです。……あの侍たちは人間じゃありません。けだものです」

血を吐くような悲痛な声だった。

まるで自分が責められているような思いで、お喜和は眼を伏せた。

「ごめんなさいね。つらいことを思い出させてしまって」

「わたしが知っていることは、何もかもお話ししました。この怨み、必ず……、必ず晴らしてください。お願いします」

哀訴《あいそ》するようにそういうと、おまちは着物の裾をからげて小走りに坂道を駆け下りていった。その姿がみるみる小さくなってゆく。お喜和は茫然とその場にたたずんで、おまちの姿が坂下の路地に消えるまで見送った。


金龍山浅草寺の鐘が六ツ（午後六時）を告げている。

千坂唐十郎は、薄い夕闇がただよう柳橋の土手道を歩いていた。『ひさご』でお喜和から聞き込みの結果を聞いての帰りである。誘拐一味に直接つながるような手がかりは得られなかったが、おまちの証言で、少なくとも三つの事実が明らかになった。

一つは一味の拠点が日本橋駿河町から駕籠で小半刻の圏内にあるということ。もう一つは、誘拐の実行犯以外にも、複数の浪人が関わっていること。そして三つ目は、その浪人どもをたばねているのが二人の武士であること——である。

その三つの事実を手がかりに、丈吉に探索を頼むつもりで柳橋に足をむけたのだ。

土手を下りて、川岸の船着場に歩をすすめた。前方の薄闇に小さな明かりが三つ、四つゆらいでいる。客待ちの猪牙舟の舟提灯《ふなちょうちん》の灯《ひ》である。

桟橋に丈吉の姿はなかった。初老の船頭にたずねると、たったいま深川行きの客を乗せて出ていったばかりだという。

あきらめて来た道をもどりかけたとき、前方から四人の武士がやってきた。

二人の人間がやっとすれ違えるような細い道を、四人は声高《こわだか》に話し合いながら、道いっぱいに広がってやってくる。

唐十郎は道の真ん中で足を止めて眼をすえた。

武士たちが肩をいからせて接近してくる。いずれも派手な羽織に錦繡《きんしゅう》の美服をまとった旗本の子弟とおぼしき若い侍だった。

「おい、道を開けろ」

居丈高《いたけだか》な声を発したのは、先頭を歩いていた二十四、五の侍——榊原辰馬だった。

唐十郎は、立ちふさがったまま微動だにしない。

「聞こえんのか。道を開けろといってるのだぞ」

「おぬしたち、武士の作法を知らんようだな」

「なに」

辰馬が気色ばんだ。

「せまい道ですれ違った場合、お互いに左に寄って道を開けるのが武士の作法であり、礼儀なのだ」

武士は左の腰に刀を差している。そのために双方が左に寄って道を開け、互いに敵意がないことを示すのが、武士のしきたりなのだ。武士同士が対座したとき、刀を右わきにおくことと同じ理屈である。

ふん、と辰馬は鼻でせせら笑った。

「素浪人にそんな作法はいらんだろう」

「…………」

「さ、どけ」

「おぬしたちが道を開けてくれれば、おれも開けてやる」

「お、おのれ、素浪人の分際で！」

辰馬の手が刀の柄にかかった。

唐十郎は右足《うそく》を引いて半身にかまえ、両手をだらりと下げた。「後《ご》の先《せん》」をとるための無構《むがま》えの構えである。剣に多少でも覚えのある者なら、この構えを見ただけで技量が読めるはずなのだが、辰馬にはそれが読めなかった。

「さ、抜け！」

わめきながら、かちっと鯉口《こいぐち》を切った。その瞬間、

「やめろ、辰馬」

と一人が制した。辰馬の腕では勝てる相手ではないと看《み》たのだ。

「こんなところで怪我をしたらつまらん。やめておけ、やめておけ」

「しかし！」

と、いきり立つ辰馬を、三人の武士たちが必死になだめた。それを見て、唐十郎はおもむろに左に寄って道を開けた。三人の面子《メンツ》を立ててやったのである。

「さ、行こう」

三人の武士たちも左（唐十郎の眼から見て右側）に寄って道を開け、辰馬をなだめながら一列にならんで通りすぎた。すれちがいざま、辰馬が、

「今度会ったらただではすまんぞ。覚えておけ」

吐き捨てるようにいった。

まるで破落戸の捨て科白《ぜりふ》である。唐十郎は思わず苦笑を浮かべて見送った。旗本の権柄《けんぺい》を笠に着て、傍若無人《ぼうじやくぶじん》に振る舞うこの手の無頼《ぶらい》侍が市中に横行している。両刀を差しているだけに、破落戸よりもたちが悪く、江戸市民から蛇蝎《だかつ》のごとく嫌われていた。

四人の武士は足早に船着場の桟橋にむかい、二艘の猪牙舟に分乗した。

「吉原《なか》にやってくれ」

辰馬の甲高い声を背中に聞きながら、唐十郎は土手にむかってゆっくり歩を踏み出した。

第四章　命、千両

一

吉原遊廓《ゆうかく》は、府内唯一の幕府公認の遊里である。

大名屋敷の門がまえを想わせる黒塗りの門（俗に大門《おおもん》という）をくぐると、文字どおりそこは別天地だった。色とりどりの提灯《ちようちん》、軒行灯《のきあんどん》、雪洞《ぼんぼり》、誰哉行灯《たそや》などが目くるめく明かりを放っている。さながら光の海である。

大門から南北に通じる中央通りを「仲之町《なかのちよう》」といい、通りの両側には吉原でも最高級の妓楼が軒をつらねている。その一軒、『すがた海老《えび》』ののれんを下げた大見世《おおみせ》の前に、編笠《あみがさ》で面《おもて》を隠した四人の武士が立った。榊原辰馬と仲間の三人の侍である。

眼ざとく気づいた番頭が、小走りに出てきて、

「あ、榊原さま、お待ちいたしておりました。どうぞ、どうぞ」

小腰をかがめて中に招き入れると、待ち受けていた楼主が、これも愛想たっぷりに四人を迎え入れ、編笠と差料《さしりよう》をあずかって二階座敷に案内した。

十畳の大部屋に六畳の次の間がついた座敷である。

そこには美酒佳肴《びしゆかこう》の豪勢な膳部《ぜんぶ》がずらりと並んでいた。

膳は朱塗りの高蒔絵《たかまきえ》の蝶足膳《ちようあしぜん》。料理は妓楼で調理されたものではなく、『喜《き》の字屋』という廓内《くるわない》の台屋《だいや》（仕出屋）から取り寄せたものである。

ほどなく、絢爛《けんらん》と着飾った三人の花魁《おいらん》が入ってきて膳部の前に着座し、にぎやかに酒宴がはじまった。三人の若い武士は大はしゃぎである。

辰馬はそれを横目に見ながら、黙然と酒杯をかたむけている。一人が辰馬のそばににじり寄って酒を注ぎながら、

「おぬしの妓《おんな》はどうした？」

小声で訊《き》いた。先刻、柳橋の船着場付近の道で、逆上する辰馬をなだめた侍である。

「おっつけくるだろう。おれにかまわず楽しんでくれ」

侍は、気づかわしげな顔で、

「いつも、おぬしには散財をかけさせているが……、大丈夫なのか？」

「金のことか」

「ああ」

「案ずるにはおよばんさ」

辰馬は鷹揚《おうよう》に笑った。

「金は天下の回りものだ。遠慮せずにどんどんやってくれ」

「うむ」

思い直すように、その侍はふたたび遊興の座にもどった。

三人の侍は辰馬の幼なじみで、いずれも旗本の次男、三男である。

以前は、彼らのような「部屋住み」でも、他家から養子縁組の話がかかり、それなりに一家をかまえる機会はあったのだが、八代将軍・吉宗の治世になってから、養子縁組の話はさっぱり聞かれなくなった。

きびしい緊縮政策のせいで、養家が相手の家名や家格より、家禄や役料を優先するようになったためである。同じ「部屋住み」でも、四、五千石の大身旗本の次男・三男は引く手あまただが、家禄千石前後の旗本の「部屋住み」は見向きもされなかった。

いわば彼らは武家社会の〝落ちこぼれ〟なのだ。

辰馬の父・榊原主計頭《かずえのかみ》は知行千五百石の普請《ふしん》奉行である。主計頭が退隠、もしくは死亡した場合、長兄の求馬《きゅうま》が榊原家の家督《かとく》をつぐことになる。次兄の数馬《かずま》はすでに養子の口が決まっていたが、三男の辰馬には、二十四歳になる今日まで一度も声がかかったことがない。ほかの三人と同じように、辰馬もまた「部屋住み」のまま、生涯、榊原家に飼い殺しにされる運命にあったのである。

——おれはただの穀《ごく》つぶしにすぎない。

そう悟ったときから、辰馬は金銭に異常な執着を見せるようになった。

——世の中、金がすべてだ。

金さえあれば美服を着て、うまい酒を飲み、佳《よ》い女を抱くことができる。そして何よりも、こうして遊び仲間が寄り集まってくることが、辰馬の自尊心を満たしてくれた。

いずれは仲間を二、三十人に増やし、明暦《めいれき》（一六五〇年代）のころ、江戸を席《せっ》巻《けん》した旗本奴《やっこ》『神祇組《じんぎぐみ》』のような組織を結成して、その頭領におさまるのが辰馬の夢だった。

その夢にくらべれば、養子縁組や出世栄達など、くそ食らえなのだ。

花魁をはべらせて大はしゃぎの三人を尻目に、辰馬はひとり満足そうに酒杯をかたむけていた。

座がひとしきり盛り上がったところで、花魁の一人が、

「そろそろ、おしげりのころあいでありんすよ」

と意味ありげに笑って、三人の侍の顔を見まわした。「おしげり」とは男女の媾合《まぐわい》を意味する廓言葉《さと》である。三人の顔に好色な笑みが浮かんだ。

「よし、一戦交えるか」

「うむ。行こう」

「先に失礼するぞ、辰馬」

三人は勇み立って腰を上げ、それぞれ敵娼《あいかた》の花魁を連れて座敷を出ていった。

辰馬は、黙ってそれを見送り、飲みほした盃《さかずき》に酒をついだ。

ややあって、三人と入れ違いに別の侍が入ってきた。真崎三十郎である。

「遅くなった」

辰馬の前に着座して、

「妓はどうした？」

やや不満そうな顔で部屋の中を見まわした。

「その前に仕事の話だ」

「仕事？」

「又三の後釜《あとがま》を探してもらいたいのだが」

「それはかまわんが……、おぬし、まだつづけるつもりなのか」

「これが最後だ。最後に大仕事をやって大金を手に入れる。それで当分おとなしくするつもりだ」

「これまでに千四百両も稼いだんだぞ。それでもまだ不足なのか」

真崎が呆《あき》れ顔でいう。

『三升屋』の沽券《こけん》を売って得た金が四百両、深川の廻船問屋『渡海屋』と蔵前の札差《ふださし》『備前屋』から身代金としてせしめた金がそれぞれ五百両、〆めて千四百両の大金を、辰馬は手に入れている。そのうち真崎への分け前は四百両。辰馬の手には千両の金がころがり込んだはずなのだが、すでに三百数十両を四人の浪人者の手当てや、遊び仲間との遊興費に使い果たしていた。現在、辰馬の手元に残っているのは六百両あまりである。

「おぬしは金遣いが荒すぎる。少し慎んだほうがいいぞ」

「おれに説教するつもりか」

「説教ではない。友人として忠告しているのだ」

「おぬしは公儀の役人だからな」

皮肉な口調で、辰馬がいった。

「だから、どうしたというのだ？」

「しょせん、おぬしとおれとでは、生き方がちがう。おれにとっての金とは、遣うためにあるのだ」

「………」

真崎は苦笑した。この男には正論が通じない。何をいっても無駄だと思って沈黙した。

と、そのとき、からりと襖《ふすま》が開いて、遣《や》り手が顔を出した。

「お支度ができましたので、どうぞ」

べつの座敷に遊女が到着したのである。辰馬と真崎は、飲みかけの盃を膳の上において気もそぞろに部屋を出ていった。

翌日の午後、真崎三十郎は呉服橋《ごふくばし》の北町奉行所をたずねて、定廻《じょうまわ》り同心・今井半兵衛を近くのそば屋に呼び出した。辰馬から依頼された件を相談するためである。

「そうですか、又三を殺《や》ったのは、あなた方でしたか」

そばをすすりながら、今井が意外そうにつぶやいた。歳は四十二。廻り方一筋に二十年もつとめてきた古参同心だけあって、隙《すき》のない老獪《ろうかい》な面立ちをしている。

「じつをいうと、わしも知らなかったのだ。得体のしれぬ浪人に付きまとわれたために口をふさいだ、と辰馬はいっていた」

真崎が弁解がましくいう。

「で……？」

空《から》になったどんぶりを卓の上において、今井が探るような眼で真崎を見た。

「どんな男をお探しなので？」

「できれば口が堅く、小回りのきく若い男がいい」

真崎がそう応えると、今井はちょっと思案したのち、

「わかりました。行きましょう」

と腰を上げて、真崎をうながした。

二人が向かった先は、日本橋茅場町《かやばちょう》の大番屋《おおばんや》だった。

大番屋は、一名「調べ番屋」ともいわれ、犯罪容疑者やそれに関わる者たちを取り調べる、現代の留置場のようなところである。

町奉行所の同心が犯罪者を捕らえた場合、直接奉行所に連行したり、小伝馬《こでんま》町《ちょう》の牢屋敷に収監したりすることはなかった。いったん被疑者を大番屋に留置して取り調べを行った上、容疑が固まりしだい、入牢証文を作成して牢屋敷に送り込むのが通例となっていた。

「ここでお待ちください」

今井は大番屋の柵門《さくもん》の前で真崎を待たせ、中に入っていった。が、ほどなく小柄な男を引き連れてきて、

「三日前にわたしが捕縛した男です」

と、真崎に紹介した。

「寅八《とらはち》と申しやす。よろしくお引き回しのほどを」

男は卑屈に笑って、ぺこりと頭を下げた。陰険な眼つきをした、見るからに小悪党といった面《つら》がまえの男である。

寅八は、通りすがりの人々にいいがかりをつけては小金を脅《おど》し取る、強請《ゆすり》たかりの常習犯だった。三日前にその現場を今井に押さえられて茅場町の大番屋に収

監されたのだが、真崎の意を受けた今井が、「嫌疑不十分」として釈放したのである。

「見かけによらずしぶとい男でしてね」

歩きながら、今井がいう。

「わたしの痛《いた》め吟味《ぎんみ》にも頑《がん》として口を割りませんでした。この男なら使えると思います」

「話は通っているのか」

「ええ」

うなずいて、うしろからひょこひょことついてくる寅八を振り返り、

「寅八」

と今井が声をかけた。

「へい」

「真崎さまは公儀の御徒目付《おかちめつけ》だ。ご恩に報いるためにも心して働くんだぞ」

「へえ。一生懸命つとめさせてもらいやす」

寅八が神妙な顔で応えた。

「では、わたしはここで……」

今井が足をとめると、真崎がすっと躰《からだ》を寄せて、今井の袖にすばやく紙包みをすべり込ませた。中身が金子《きんす》であることはいうを俟《ま》たない。

今井は無言で一揖《いちゆう》し、足早に立ち去った。真崎がそれを見送り、

「わしについてこい」

と、あごをしゃくって寅八をうながした。

浜町河岸の榊原家の別墅《べっしょ》で二人を待ち受けていたのは、榊原辰馬だった。

真崎から寅八を紹介されると、辰馬はいきなり、

「さっそくだが、おまえにやってもらいたい仕事がある」

と切り出した。

「どんな仕事で？」

「日本橋本町《ほんちょう》の両替商『和泉屋《いずみ》』の下調べだ」

「下調べ、と申しやすと……？」

いぶかる眼で訊き返す寅八に、辰馬は『和泉屋』の内儀・お篠《しの》の誘拐《かどわかし》計画を、ためらいもなく打ち明けた。

『和泉屋』は、江戸府内に二百数十軒ある両替商の中でも、五指に入る大店《おおだな》である。当主は五代目の徳次郎《とくじろう》。今年四十路の声を聞いたばかりだが、その商才は両

替商仲間のあいだでも評判が高い。女房のお篠は三十二歳。夫婦仲は円満だという。

「つ、つまり」

寅八の声が上ずった。

「内儀を誘拐して身代金をせしめようってことですかい」

「ああ、『和泉屋』なら金に糸目はつけんだろう」

「で、あっしは何を調べればいいんで？」

「日ごろの内儀の動きだ。外出《そとで》することがあるのかないのか。あるとすれば、いつ何刻どこへ行くのか。そしてその道すじ、供の数。……巨細《こさい》もれなく調べあげてもらいたい」

「わかりやした。おやすい御用でござんす」

にんまり嗤《わら》って、寅八が頭を下げた。

二

うららかな春の陽光がさんさんと降りそそいでいる。

濡《ぬ》れ縁の陽だまりで、唐十郎は研《と》ぎ上げたばかりの刀身にしみじみと見入っていた。

父親の形見の左文字国弘。思い出深い名刀である。

父・清左衛門《せいざえもん》は古武士のように質実剛健な男だった。ことあるごとに自慢の刀を唐十郎の前で抜いてみせ、刀は武士の魂《たましい》だ、鈍刀《なまくら》を差していたのでは、魂までが堕落《だらく》する、と口ぐせのようにいっていた。そして、

「わしが死んだら、この左文字国弘をわしの魂と思って大切に所蔵し、藩と藩侯のために忠勤に励んでくれ」

ともいっていた。

その言葉を思い出すたびに唐十郎の胸は痛んだ。

父の遺志に反して、唐十郎は一介の素浪人に成り下がってしまった。脱藩の罪を着たうえ、倉橋源吾の仇《かたき》として倉橋一族から追われる身なのである。武士としてこれ以上の不名誉はあるまい。草葉の陰で亡父もさぞ悲嘆にくれているだろう。

（だが……）

と唐十郎は思い直す。

一藩一君のために忠節をつくすより、公事宿《くじやど》の始末人として、市井《しせい》にはびこる「法で裁けぬ悪」を裁き、「法で晴らせぬ怨《うら》み」を晴らす裏稼業のほうが、はるかに「義」にかなっているではないか。

——浪々の身に零落《れいらく》しても、魂はまだ腐ってはいない。

そういう自負が、唐十郎にはあった。刀を鞘《さや》におさめて立ち上がったときである。

「ごめんなすって」

庭の枝折戸《しおりど》を押して、重蔵が入ってきた。

「おう、重蔵か」

「殺された又三のことで、ちょいと引っかかる話を耳にしましてね」

「そうか」

ふたたび濡れ縁に座り込んだ。そのかたわらに重蔵が腰を下ろし、

「二カ月ほど前の話になりやすが、又三は強請の咎《とが》で捕まったことがあるんで」

「強請？」

「ところが、その二日後にやつは無罪放免になっておりやす。いっぺん大番屋にぶち込まれた男がたった二日で解き放ちになるなんて、あっしにはどうも合点が

いきやせん」

しきりに首をかしげながら、重蔵はそういった。

強請は、盗みより重い罪である。

はるか後年のことだが、安永六年（一七七七）、金次《きんじ》という無宿者が赤坂《あかさか》の袋問屋にしのび込んで蝦夷錦《えぞにしき》の布地を盗んだうえ、無宿の市三郎《いちさぶろう》と手を組んで呉服屋喜太郎《きたろう》から金をゆすり取るという事件があった。

裁きの結果、金次の盗みは微罪とされたが、市三郎と手を組んで呉服屋喜太郎を強請ったことが主罪となって、二人は死罪に処せられた。——という判例もある。

又三はそれほど重大な犯罪を犯したのである。にもかかわらず、わずか二日の取り調べで無罪放免になるとは、いったいどういうことなのか。重蔵ならずとも首をかしげざるを得ない。

「何者かが裏で糸を引いていたとしか思えんな」

唐十郎が苦い声でいった。それができるのは、町方《まちかた》役人を動かせるだけの権力を持った者ということになる。そして、又三の口をふさいだのもその人物にちがいない。

「すまんが、重蔵。二カ月前の又三の強請事件をもう一度洗い直してもらえぬか」

又三を捕縛した町方が誰なのか、それがわかれば事件解明の手がかりになる、と唐十郎はいった。

「少々手間ひまがかかると思いやすが、やってみやしょう」

「たのむ」

「じゃ、あっしはこれで」

一礼して、重蔵は飄然《ひょうぜん》と立ち去った。

――又三の死によって、『三升屋』長次郎事件は一応の決着をみた。

『大黒屋』宗兵衛はそういったが、あくまでもそれは唐十郎に対する心づかいで、じつのところ事件は何ひとつ解決していないのである。

又三の背後には黒幕がいる。それだけは確かだった。そいつの正体を突き止めて始末しないかぎり、『三升屋』事件に幕を下ろすことはできないのだ。

それとはべつに、唐十郎はもう一つの事件をかかえていた。例の誘拐事件である。その件で先日、柳橋の船着場に丈吉をたずねたが、あいにく会えなかった。

丈吉の仕事が暇《ひま》になるのは、遊客を深川や吉原に送り込んだあとの、七ツ半

(午後七時)ごろである。早めに夕餉《ゆうげ》をとり、その時刻を見計らって、唐十郎は家を出た。

おぼろ月夜である。

生あたたかい夜風が、頬《ほお》をなでるように吹きぬけてゆく。

柳橋の船着場には、客待ちの猪牙舟《ちょきぶね》が数艘《そう》もやっていたが、この夜も丈吉の姿はなかった。船頭仲間に訊くと、一刻(二時間)ほど前に吉原通いの客を乗せて山谷堀《さんやぼり》に向かったので、おっつけもどってくるだろうという。

桟橋《さんばし》のすみに腰をおろして、しばらく待ってみたが、四半刻たっても一向にもどってくる気配がないので、唐十郎はあきらめて踵《きびす》を返した。お仙に言伝てを頼もうと思ったのである。

お仙の住まいは佐久間町二丁目の路地裏にあった。俗にいう九尺《くしやく》二間《けん》の裏店《うらだな》である。

唐十郎が長屋木戸をくぐろうとした、そのとき、

「あら、旦那《だんな》」

背後で声がかかった。振りむくと、そこに黄八丈《きはちじよう》の着物を着たお仙が立っていた。湯屋からの帰りであろう。片手に手拭《てぬぐ》いを下げ、小わきに湯桶《ゆおけ》をかかえて

いる。

「あたしに何か御用？」

「丈吉に言伝てをたのみたいのだ」

「そう。……部屋の中、散らかってるので、外で聞くわ」

「外で？」

「ちょっと待っててね」

お仙は小走りに長屋に駆け込み、湯桶をおいて飛び出してくると、

「さ、行きましょ」

と唐十郎の腕をとって歩き出した。まるで夜の散策を楽しむような気楽さである。

路地をぬけて、佐久間町河岸に出た。真正面に神田川の土手が見える。

「わァー、風が気持ちいい」

童女のように歓声をあげながら、お仙は土手の斜面を駆け登っていった。

唐十郎も小走りにあとを追う。土手を登り切ったところで、

「兄さんに言伝てって？」

お仙が足をとめて振り返った。うなじのあたりから、湯上がりの芳《かぐわ》しい匂いが

ただよってくる。ほんのり桜色に火照《ほて》った肌が妙に色っぽい。

「その前に話しておきたいことがある」

唐十郎は土手道を歩きながら、公事宿『大黒屋』の女房・お春が二人の浪人者に誘拐されそうになったことや、札差『備前屋』の若内儀・おまちが誘拐され、五百両の身代金をうばわれたことなどを、かいつまんで話した。

「そう」

お仙が大きな眼をさらに大きく見開いてうなずいた。

「そんな事件があったんですか」

「丈吉に探索を頼もうかと思ってな」

「で、何か手がかりでも？」

「いまのところ、一味につながるような手がかりは何もない。ただ……、その事《ま》件《や》に少なくとも四、五人の浪人者と二人の侍が関わっていることだけは確かだ」

「お侍が……」

「ちかごろ急に羽振りのよくなった侍や、金まわりのよくなった浪人者を見かけたら、すぐ知らせるように丈吉に伝えてくれ」

「わかりました。あたしも心がけておきますよ」

といって、お仙はふと立ち止まり、前方の闇《やみ》に眼をむけた。

「きれいでしょ、あの桜」

桜の老樹が満開の花を咲かせている。川風が吹き抜けるたびに、淡紅色の花びらがはらはらと舞い落ちてゆく。

「時のうつろいは早いものだ。もう、桜も終わりか……」

「花の命って短いわね」

桜の老樹に歩み寄って、二人は感慨深げに散りゆく桜に見とれていた。

おぼろな月明かりの中に、無数の花びらがはらはらと舞い散ってゆく。それはまるで春の淡雪《あわゆき》のようにはかなげで美しく、幻想的な光景だった。

「旦那……」

お仙が見返した。切れ長な眼がうるんでいる。

「………」

「抱いて」

いきなり、すがりついてきた。

唐十郎は無言で抱きとめ、お仙の躰を草むらに横たわらせると、おおいかぶさるように躰を重ねてお仙の口を吸った。甘い馥郁《ふくいく》たる香りが口中にひろがる。

お仙のやわらかい舌が、唐十郎の舌にねっとりとからみつく。唾液《だえき》までが甘い。

むさぼるように唐十郎の口を吸いながら、お仙は自分の手で襟元《えりもと》を押しひろげた。白い乳房がこぼれ出る。椀《わん》を二つ伏せたような、形のいい乳房だ。

唐十郎の右手がやさしくそれをつつみ込んだ。そしてゆっくり揉《も》みしだく。やわらかくて弾力のある乳房。えもいわれぬ感触である。乳首がつんと立ってくる。

「あ、ああ……」

お仙の口から、かすかなあえぎ声が漏れた。上体を大きくのけぞらせ、

「吸って……。お乳を吸って……」

と、うわごとのように口走る。

唐十郎の唇がお仙の白い喉《のど》をつたって、胸乳《むなち》へとすべってゆく。右手で乳房をわしづかみにして乳首を口にふくんだ。舌先で乳暈《にゆううん》を愛撫《あいぶ》する。

「あ、いい……。いい！」

お仙が狂おしげに首を振る。両肩から着物がすべり落ち、ほとんどむき出しになった上半身に、淡紅色の桜の花びらが紙吹雪のように降りそそぐ。

唐十郎の手が、お仙の着物の下前をはぐった。白い、しなやかな下肢が露出する。太股《ふともも》を愛《め》でるようになでる。象牙《ぞうげ》のようにつややかで、張りのある肌だ。股間《こかん》に手を差し込んだ。はざまの秘毛がしっとりと濡れている。指先が切れ込みの小さな肉芽に触れる。

「あっ」

と、お仙が小さな叫びをあげた。唐十郎の指が秘孔に入っていた。そこはもう、しとどに濡れそぼっている。指の動きに合わせて、お仙が腰をくねらせながら、

「お、お願い……。旦那のを……入れて……」

哀願するように口走った。

唐十郎はゆっくり躰を離して着物の下前を押し開き、下帯をはずした。一物ははちきれんばかりに怒張している。

お仙の両膝《ひざ》を立たせ、その間に腰を沈めた。一物の尖端が切れ込みに触れる。肉ひだがたっぷり濡れている。ぬるりと尖端がすべる。その感触を楽しむように、唐十郎はじれったいほど緩慢《かんまん》にそれを挿入した。

「あーッ」

お仙の上体が大きくそり返る。一物が根元まで入っていた。両足を唐十郎の腰にまわして激しく腰を振る。

一物をお仙の中に埋没させたまま、唐十郎はいっさいの動きを止めている。根元につよい緊迫感があった。お仙が腰を振るたびに、秘孔の肉ひだが絶妙な収縮をくり返す。

何度か炸裂《さくれつ》しそうになったが、唐十郎は必死にこらえた。求めてきたのはお仙である。自分が先に行くわけにはいかない。

快楽の波が寄せては引き、引いてはまた怒濤《どとう》のごとく押し寄せてくる。

二人が忘我の境《さかい》でむつみ合っている間も、桜の花びらは絶え間なく舞い落ちている。

やがて二人は同時に昇りつめていった。

「いや……、いや、いや……」

激しくかぶりを振りながら、お仙が絶頂に達してゆく。唐十郎も極限に達した。すばやく一物を引き抜き、躰を離す。間一髪、白濁した淫液が草むらに飛び散った。

お仙は放心したように仰臥《ぎようが》している。汗と唾液にまみれた乳房に、淡紅色の花

びらが張りついている。唐十郎は手ばやく下帯をつけて、

「行こう」

と腰をあげた。お仙が我に返り、あわてて乱れた着物を直して立ち上がった。

そのときである。付近の灌木《かんぼく》の茂みが、突然、ざざっと揺れて、

「とっくり見物させてもらったぜ」

だみ声とともに、三つの黒影がにじみ立った。

「だ、誰！」

お仙が勝気に叫んだ。三つの黒影が接近してくる。いずれも汗臭そうな薄汚れた浪人者である。飢えた山犬のように眼をぎらつかせながら、二人の前に立った。

「同じ浪人のよしみだ。その女、わしらにもまわしてもらえんか」

一人が卑猥《ひわい》な笑みを浮かべていった。鶴《つる》のように痩《や》せこけた浪人である。

「消え失せろ」

唐十郎が一喝した。

「なに！」

と気色《けしき》ばんだのは、鬼瓦《おにがわら》のようにいかつい顔をした浪人である。

「女が抱きたければ、夜鷹《よたか》でも抱くがいい」

「貴様、わしらを侮辱《ぶじょく》する気か！」

「眼ざわりだ。とっとと消え失せろ」

「お、おのれ！　いわせておけば……」

三人が同時に抜刀した。唐十郎はお仙をかばって三人の前に立ちふさがった。

「雑言《ぞうごん》、許さぬ！」

猛然と斬りかかってきたのは、肩の肉の厚い、猪首《いくび》の浪人者だった。

しゃっ！

唐十郎の刀が鞘走った。峰で相手の刀をはね上げ、刀尖をくるっと回転させて、胴を薙《な》ぎ上げた。瞬速の逆胴《さかどう》斬りである。猪首の浪人の脾腹《ひばら》がざっくり裂けて、鮮血とともに白いはらわたが四辺に飛び散った。

すぐさま横に跳んだ。切っ先が飛んでくる。鶴のように痩せた浪人である。切っ先が唐十郎の胸をかすめた。そこを下から逆袈裟《ぎゃくげさ》にすくい上げる。

ずばっ！

鈍い音がした。刀をにぎったまま、浪人の右手首が宙高く舞い上がり、血をまき散らしながら、どさっと草むらに落ちた。何を血迷ったか、浪人は草むらに這《は》いつくばり、必死におのれの右手首を探している。

間髪をおかず、次の斬撃《ざんげき》がきた。鬼瓦のようにいかつい顔の浪人である。唐十郎は、わずかに上体をそらして切っ先をかわした。いわゆる「五分《ごぶ》の見切り」である。鬼瓦が勢いあまって前に突んのめった。その背中に、拝み討ちの一刀をあびせた。

「わッ」

と悲鳴をあげて、鬼瓦が土手の斜面をころげ落ちていった。

刀の血ぶりをして納刀すると、唐十郎はゆっくり背後を振り返った。

右手首を斬り落とされた浪人が、虚脱したように草むらに座り込んでいる。鶴のように痩せた浪人である。唐十郎の脳裏に一抹の疑惑がよぎった。

歩み寄って、冷然と浪人を見下ろし、

「札差『備前屋』の若内儀を誘拐《かどわか》したのは、貴様たちか」

「誘拐？」

浪人がきょとんと見上げた。

「正直にいえ」

「何のことか……、わしにはさっぱりわからん」

浪人が弱々しく首を振った。切断された右手首から音を立てて血が噴き出している。

「た、頼む。……介錯《かいしやく》してくれ」

あえぐようにいって、浪人は唐十郎を見あげた。つい先刻とは別人のように情けない顔である。それを見て、唐十郎の脳裏から疑惑が消えた。

考えてみれば、『備前屋』から五百両の身代金をせしめた浪人どもが、こんなところで女あさりをしているはずはない。女が欲しければ吉原にでも繰り出しているだろう。

唐十郎は、黙って刀を引き抜いた。

「旦那！」

お仙が小走りに駆け寄ってきて、

「かわいそうだから、命だけは助けておやりよ」

「どのみち、こいつの命は助からん」

「けど……」

「楽に死なせてやるのも、人の情けだ」

いうなり、ずばっと刀を振り下ろした。お仙が思わず顔をそむける。

据《す》え物斬りのように無造作な一刀だった。ごろんと音がして、浪人の首が草むらにころがった。その上に舞い落ちた桜の花びらが、血で真っ赤に染まってゆく。

「見るなよ、お仙」

低くいって、唐十郎は刀を鞘におさめ、

「行こう」

お仙をうながして、足早にその場を離れた。

三

いつか月が変わって、四月になっていた。

旧暦の四月は、新暦（グレゴリオ暦）の五月、暦の上ではもう初夏である。

奥州街道沿いの雑木林が、萌葱《もえぎ》色に色づきはじめたある日の午後、荒川《あらかわ》に架かる千住大橋《せんじゅおおはし》を、足早にわたってゆく菅笠の男がいた。

『稲葉屋』の重蔵である。

この十日間、重蔵は千坂唐十郎の命を受けて、又三が無罪放免になった経緯を調べていたが、関係者たちの口は思いのほか堅く、一向に探索ははかどらなかった。

ところが昨夕、ふらりと足を踏み入れた米沢町《よねざわちょう》の居酒屋で、かつての盗っ人仲間と再会したことから、事態は一変した。思いがけぬ情報がころがり込んできたのである。

その男の話によると、又三が強請の咎で捕縛された二カ月前、時を同じくして茅場町の大番屋の仮牢《かりろう》に、顔見知りの博奕打《ばくちう》ちが収監されていたという。

男の名は留吉《とめきち》。

罪状は賭博《とばく》。

本所の廃寺の境内で、野天博奕をしていたところを捕縛されたのである。

その十日後に町奉行の沙汰《さた》が下り、留吉は江戸払いになった。ちなみに江戸払いは、『公事方御定書』に定められた追放刑の中でも三番目に軽い刑で、品川《しながわ》・板橋《いたばし》・千住・本所・深川・四谷《よつや》大木戸の内より追い払われるものである。

現在、留吉は千住宿の『上総屋《かずさや》』という船問屋で荷揚げ人足をしているという。

——そいつなら、又三が無罪放免になったいきさつを知ってるにちがいねえ。

そう思って、重蔵は千住にむかったのである。

千住宿は江戸四宿《ししゆく》の一つで、日光・奥州街道の第一宿駅として繁盛していた。

宿場通りの両側には旅籠《はたご》や商家のほかに、売色を目的とする飯盛《めしもり》旅籠が三十一軒ほど軒をつらねており、江戸市中からの遊び客も絶えることがなかった。

船問屋『上総屋』は、千住二丁目にあった。

間口八間ほどの堂々たる店がまえで、店先には荒菰《あらごも》包みの船荷が山と積まれ、数人の荷駄人足たちが汗まみれで立ち働いていた。

『上総屋』の裏手は荒川の土手になっており、土手の下の船着場には、俗に「川越夜船《かわごえよぶね》」と呼ばれる高瀬船《たかせぶね》が係留されていた。全長三丈（約九メートル）、幅一丈七尺（約五メートル）、舳先《へさき》の高い大きな船である。

川越夜船は、米や旅客を乗せて川越から終着点の浅草花川戸《はなかわど》まで、夜通し運航するところからその名がついたという。休憩地の千住宿では、この船の中でしばしば博奕が行われたので別名「博奕船」とも呼ばれた。

船からの荷揚げ作業が終わったらしく、船着場の桟橋で人足たちが汗をふいたり、煙管《きせる》をくゆらせたりして、思い思いにくつろいでいた。

重蔵は菅笠をはずして、船着場に歩み寄り、

「留吉さんはいるかい？」

と声をかけると、船荷に腰をおろして煙管を吹かしていた二十五、六の男が、

「あんたは……？」

と、けげんそうに振りむいた。眉毛《まゆげ》の薄い、貧相な顔つきの男である。

「弥七《やしち》の昔からの知り合いで、重蔵って者《もん》だが」

弥七とは、重蔵のかつての盗っ人仲間のことである。その名を聞いたとたん、
留蔵の顔がほころんだ。

「そうですかい。弥七さんには、以前お世話になりやしたよ」

「よかったら、そのへんで茶でも飲まねえかい」

「へい」

煙管の火をぽんと落として、留吉が立ち上がった。

二人は宿場通りに出て、飯盛旅籠が立ち並ぶ盛り場の一角の居酒屋に入った。

旅人らしき男が四人、酒を酌みかわしながら、陸奥《むつ》なまり丸出しで声高にしゃべっている。

二人は奥の小座敷に腰をすえた。

「さっそくだが……」

運ばれてきた酒を留吉の猪口《ちょこ》につぎながら、重蔵が話を切り出した。

「おまえさん、二カ月ほど前に茅場町の大番屋に入ってたそうだな」

「へえ。十日ばかり臭いめしを食わされたあげく、江戸払いのご沙汰を受けやしたよ」

留吉は苦笑した。

「そのとき、同じ牢に又三って男はいなかったかい？」

「又三？」

「強請の咎でお縄になった野郎だ」

「そういえば……」

ことりと卓の上に猪口をおいて、

「思い出しやした。口数の少ねえ陰気な男でしてね。大番屋にぶち込まれてから出ていくまで、野郎、一言も口をききやせんでしたよ」

「又三が解き放ちになったいきさつは、知ってるかい？」

「くわしいことはわかりやせんが、三日目の朝、町方がやってきて、嫌疑不十分で放免すると……」

「その町方の名は？」

「たしか、北の番所の……、今井半兵衛って同心でしたよ」

「そうかい。……いや、それだけ聞けば十分だ。たっぷり飲んでくんな」

重蔵は上機嫌で、酒を二本追加した。

それから小半刻ほど雑談したのち、重蔵は留吉に小粒《こつぶ》（一分金）をひとつ手わたし、居酒屋を出て帰途についた。

江戸に着いたのは、七ツ（午後四時）ごろだった。

馬喰町の家にはもどらず、重蔵はその足で呉服橋にむかった。

町奉行所の与力・同心の帰宅時刻は六ツ（午後六時）ごろである。その時刻になると呉服橋御門外の広場には、帰宅の与力・同心を目当てに、担《かつ》ぎそば屋やおでん、燗酒《かんざけ》の屋台、煮《に》売りの屋台などが立ち並び、ひときわにぎわいをみせる。

重蔵は、担ぎそば屋の屋台の前で足をとめて、かけそばを注文し、

「ちょいと訊きてえことがあるんだが……」

と、そば屋の親爺に声をかけた。

「何でございましょう」

「おまえさん、今井半兵衛って同心を知ってるかい？」

「はい。存じております」

「その同心の姿を見かけたら、こっそり教えてもらいてえんだが」

「承知いたしました」

北町奉行所には百四十人の同心がいる。重蔵が顔を知っているのは、そのうちの三、四人にすぎなかった。まずは今井半兵衛の面《かお》を確かめておかなければならない。

「お待ちどおさま。どうぞ」

親爺がどんぶりを差し出した。受け取って、そばをすすりながら、重蔵はさり気なく呉服橋のほうに眼をやった。

一日のつとめを終えた与力や同心が、三々五々、呉服橋をわたってくる。立ち並ぶ屋台には眼もくれず、足早に家路につく者もいれば、屋台に立ち寄って一杯ひっかけてゆく者もいた。重蔵がちょうどそばを食べ終えたとき、

「あ、あの人が今井さまです」

そば屋の親爺が小声で指をさした。

四十がらみの、やや小柄な同心がうつむき加減に呉服橋をわたってくる。どうやらその男が今井半兵衛らしい。重蔵は無言でうなずき、そば代を払って立ち去った。

今井は一石橋《いちこくばし》をわたってゆく。

そのあとを跟《つ》けながら、重蔵はいぶかるように小首をかしげた。町方同心の組屋敷（官舎）は八丁堀にある。帰宅の道すじとしては逆方向になるからだ。

今井は一石橋をわたり、外濠《そとぼり》に沿った道をまっすぐ北にむかって歩をすすめた。

西の空を茜色《あかねいろ》に染めていた残照がいつの間にか消えて、薄い夕闇がただよいはじめていた。仕事じまいのお店者《たなもの》や大工、左官、出職《でしょく》の商人《あきんど》などがあわただしく行き交う外濠通りを、今井は前かがみの姿勢で黙々と歩いてゆく。

やがて前方に竜閑橋《りゅうかんばし》が見えた。今井は橋の手前を右に曲がった。

道の左に竜閑川が流れている。右側に東西に細長くのびる町屋は本　銀　町《ほんしろがねちょう》。かつてはこの町に金銀細工の職人が多く住んでいた。それが町名の由来である。

今井が足をむけたのは、小家《こいえ》が軒をつらねる路地だった。

家々の障子窓に明かりが灯り、路地のあちこちから夕餉《ゆうげ》の炊煙《すいえん》が立ち昇っている。

路地の突きあたりに、黒板塀で囲われた小粋な仕舞家《しもたや》があった。

今井はその家に入っていった。それを見届けると、重蔵は家の裏手にまわり、

木戸の隙間《すきま》から中の様子をうかがった。ややあって、

「夕飯の前に、お酒召しあがります？」

家の中から女の声が聞こえた。鼻にかかった艶《つや》っぽい声である。

「ああ、一本つけてもらおうか」

これは今井半兵衛の声である。そのやりとりを聞いて、重蔵は得心がいったようにこくりとうなずき、すばやく身をひるがえして走り去った。


「女がいたか……」

貧乏徳利の酒を湯呑みにつぎながら、唐十郎が意外そうな顔でつぶやいた。

前に重蔵が座っている。

「以前、築地の料亭で仲居をしていた女を、今井が見そめて囲ったそうです」

重蔵は、今井を尾行して女の家を突き止めたあと、抜かりなく近所の煙草屋《たばこ》の隠居から二人の関係を聞き込んできたのである。

「大そうなご身分だな」

唐十郎が皮肉に笑った。

町方同心は、三十俵二人扶持《ににんぶち》の薄禄《はくろく》の武士である。三十俵は年俸、二人扶持は

月給に相当する。一人扶持は一日につき玄米五合、二人扶持は玄米一升（一カ月三斗）が支給される。年俸の三十俵に月々の扶持米を加えると、年収はおよそ十三石。そこから食べるぶんを引けば、売る米は八石しかない。

時代によって米相場に変動はあるが、仮に一石一両（平均値）で計算すると、年間の現金収入はわずか八両にすぎないのである。

この薄禄では、とても女など囲えるわけがなかった。

「いい〝金づる〟をつかんだにちがいありやせん」

湯呑みの酒をなめるように飲みながち、重蔵がいった。

「又三を殺したのも、その〝金づる〟に相違あるまい」

「旦那」

重蔵が飲みおえた湯呑みを盆の上において、

「あっしは、しばらく今井の動きを探ってみやす。そのうちきっと尻尾《しっぽ》を出すでしょう」

「うむ。そうしてくれ」

「じゃ」

と一礼して腰をあげた。

「ご苦労だった」

重蔵を見送ると、唐十郎は湯呑みに酒をつぎながら、思案の眼を虚空にすえた。これで『三升屋』事件の真相が見えてきたような気がした。

強請の咎で大番屋に収監されていた又三を、嫌疑不十分で放免したのは、北町奉行所の定廻り同心・今井半兵衛である。今井は何者かに金で買収されたにちがいない。

その何者かが又三をそそのかし、『三升屋』長次郎から土地・家作の沽券を騙《だま》し取って『九十九屋』に転売したのち、事件の発覚を恐れて又三の口をふさいだ。

そう考えれば、何もかも平仄《ひょうそく》が合う。

今井半兵衛を買収した人物——その人物こそが『三升屋』事件の黒幕であり、長次郎殺しの真の下手人なのだ。重蔵がそやつの正体を突き止めてくれれば、『三升屋』事件は全面的に解決する。

だが……。

それで一段落というわけにはいかなかった。

唐十郎はもう一つ厄介な事件をかかえていた。例の誘拐事件である。丈吉に探索を依頼したものの、いまのところ一味につながる有力な情報は何もなかった。

(この事件も早く片づけなければ……)

内心、唐十郎はあせっていた。

四

蕭条《しょうじょう》と雨が降っている……。

煙るような雨の中を、紫紺の蛇《じゃ》ノ目傘《がさ》をさした女が、堀留川《ほりどめがわ》に架かる和国橋《わくにばし》を静々とわたってゆく。日本橋本町の両替商『和泉屋』の内儀・お篠である。

そのうしろ姿を、橋の西詰の柳の木の下で、じっと見ている菅笠の男がいた。寅八だった。

お篠の動きを探るために、この十日あまり、寅八は『和泉屋』の張り込みをつづけていた。その結果、寅八はある事実をつかんだ。

めったに外出することのないお篠が三日に一度だけ、それも決まって午八ツ(午後二時)ごろ、一人で外出することを突き止めたのである。

行き先は、日本橋長谷川町《はせがわちょう》の茶の湯の師匠・高山清月《たかやませいげつ》の家だった。

お篠は三日に一度、清月の家に茶の湯の稽古《けいこ》に通っていたのである。そして今日がその稽古の日だった。

お篠が和国橋をわたるのを見届けると、寅八はくるりと踵を返して走り去った。

和国橋から浜町河岸の榊原家の別墅までは、さほど遠い距離ではない。

降りしきる雨の中を、寅八は尻っぱしょりで突っ走った。びしょ濡れになりながら、別墅の玄関に飛び込むと、奥から待ちかねたように檜垣伝七郎が出てきて、

「どうだ？」

と訊いた。

「つい今しがた高山清月の家にむかいやした」

「そうか。茶の湯の稽古がおわるのは七ツ（午後四時）ごろだったな」

「へい」

「すまんが寅八、駕籠《かご》の用意をしてもらえんか」

檜垣が駕籠代と手間賃を差し出すと、

「承知いたしやした」

ぺこりと頭を下げて、寅八は出ていった。

それから半刻（一時間）後、奥の板間で二人の浪人が身支度にとりかかりはじめた。

檜垣が立ち上がって濡れ縁の障子を引き開け、気がかりな眼で空を見た。

あいかわらず雨が降りつづいている。

先刻より、やや雨脚は強まったようだ。

檜垣は、部屋の片隅の柳行李《やなぎごうり》から桐油《とうゆ》の半合羽《はんがっぱ》と塗笠を取り出して、

「これを着けていけ」

ぽんと投げ出した。二人の浪人は手ばやく半合羽をまとい、塗笠をかぶった。

「では、行ってくる」

「くれぐれも油断するなよ」

「心得た」

玄関の前に一挺《ちょう》の町駕籠が待ちうけていた。

「行くぞ」

と駕籠かきに声をかけて、別墅をあとにした。

路地をぬけて浜町河岸に出、小川橋をわたって西へむかう。降りしきる雨のせ

いか、四辺は夕暮れのようにうす昏《ぐら》く、往来する人影もまばらだ。

七ツ少し前に和国橋に着いた。駕籠を川岸の楓《かえで》の木の下にとめて、二人の浪人は和国橋の東詰でお篠がくるのを待った。

ほどなく、雨すだれの奥からにじみ出るように、紫紺の蛇ノ目傘をさした女が姿をあらわした。『和泉屋』の内儀・お篠である。

それを見て、二人の浪人がゆっくり歩を踏み出した。

お篠が足を止めて振りむいた。二人の浪人が泥水をはね上げて走り寄ってくる。

異変を察して逃げ出そうとした瞬間、一人が猛然と躍りかかり、いきなりお篠の鳩尾《みぞおち》に当て身をくらわせた。ぐらっとお篠の躰がよろめいた。

一人がすかさずお篠の躰を抱きかかえ、もう一人がふところから細引《ほそびき》を取り出して、うしろ手にしばり上げた。そこへ駕籠が駆けつけてくる。失神したお篠を駕籠の中に押し込むと、二人の浪人は駕籠の両わきについて一目散に走り去った。

雨は蕭条と降りつづいている。

道のぬかるみに、開いたままの紫紺の蛇ノ目傘が、ぽつんと置き残されていた。

夜五ツ（午後八時）をすぎて、雨は小やみになった。

両替商『和泉屋』の奥座敷では、あるじの徳次郎をはじめ、一番番頭の嘉兵衛《かへえ》や二番番頭の彦市《ひこいち》、三番番頭の和助《わすけ》が顔をそろえ、何やら深刻な表情でひそひそと話し合っていた。

一同の前には、雨に濡れた紫紺の蛇ノ目傘がおかれている。

お篠の帰りが遅いのを心配して、手代の松吉《まつきち》が高山清月の家に様子を見にいった折り、和国橋のたもとで見つけてきたのである。

「──お内儀《かみ》さんの身に何かあったにちがいありません」

一番番頭の嘉兵衛が沈痛な表情でいった。三番番頭の和助がうなずきながら、

「あやまって堀留川に落ちたのでは……？」

心配そうに三人の顔を見回した。

「いや」

と言下に首を振ったのは、二番番頭の彦市である。

「雨の日にわざわざ川っぷちを歩くとは思えないし……、それにあの道はお内儀

さんが通い慣れた道だからねえ」

「悪いようには考えたくないのだが」

嘉兵衛がためらうようにいう。

「ひょっとしたら、何者かに誘拐されたということも……」

彦市と和助は、思わず徳次郎の顔を見た。さっきから徳次郎は、腕組みをして宙の一点をにらんだまま、一言も発していない。業界一の辣腕家《らつわんか》といわれるだけに、その表情は冷徹といっていいほど冷やかである。

「旦那さま」

嘉兵衛が膝をすすめて、

「念のために番屋に届けておいたほうがよろしいのでは」

「いや」

と徳次郎がかぶりを振った。

「もうしばらく様子を見てみよう。そのうちひょっこりもどってくるかもしれんからな」

「しかし……」

嘉兵衛が何かいおうとしたときである。突然、ばしっ！

と窓の障子を突き破って、紙礫《かみつぶて》のようなものが飛び込んできた。

とっさに彦市が立ち上がって、障子窓を開け放った。一瞬、庭のすみに黒い影がよぎったが、風のように植え込みの奥の闇だまりに消えていった。

嘉兵衛が紙礫を拾い上げて、

「こ、これは……！」

驚愕《きょうがく》の面持ちで徳次郎に差し出した。小石にくるまれた投げ文である。徳次郎がすばやく紙を開いて、文面に視線を走らせた。

「お篠の命助けたくば、今夜子《ね》の刻（午前零時）、柳原堤下・柳森稲荷に千両持ってこい。金を持参するのは一人。番所に知らせたら、お篠の命はない」

と金釘流の文字で書きなぐってある。

「千両……！」

徳次郎の顔がゆがんだ。投げ文を持つ手がぶるぶると震えている。

「旦那さま」

嘉兵衛が投げ文をのぞき込みながら、悲壮ともいえる面持ちで、

「お内儀さんの命には換えられません。手前が金を届けてまいります」

そう申し出ると、徳次郎はいきなり投げ文を畳の上に叩《たた》きつけて、

「金はビタ一文払わん！」

冷然といい放った。

「えッ」

「和助、すぐご番所に知らせてきなさい」

「お、お待ちくださいまし！」

嘉兵衛が必死ににじり寄って、

「ご番所に知らせたら、お内儀さんの身に危害がおよびます！　どうか……、どうか、ここは一つご穏便に！」

「嘉兵衛」

徳次郎が険しい顔でむき直った。

「両替商にとって、一両の金は一滴の血に値《あたい》するほど尊いものなのだ。その一両を稼ぐためにみんながどれほどの苦労をしているか、おまえが一番よく知っているはずだぞ」

「もちろん存じております。しかし、お内儀さんの命には……」

換えられません、といいさすのへ、

「お篠の命は、町方のお役人が守ってくださる。商人はそのために公儀《おかみ》に冥加金《みようがきん》や運上金《うんじようきん》を納めているのだ」

びしっ、と抑えつけるように徳次郎がいった。

「こういうときにこそ役に立ってもらわなければ困る。……和助、ひとっ走りご番所に行ってお役人を呼んできなさい」

「はい！」

五

北町奉行所の吟味与力・内藤平八郎《ないとうへいはちろう》が三人の同心を従えて『和泉屋』に駆けつけてきたのは、それから四半刻（三十分）後だった。

「子の刻、柳原堤下・柳森稲荷か……」

投げ文に眼を落としながら、内藤が低くつぶやいた。三十半ばの、見るからに切れ者といった感じの与力である。

背後に三人の同心が控えている。その中に今井半兵衛の姿があった。

「よし」

と、うなずいて、内藤が立ち上がり、

「子の刻までに、柳森稲荷の周辺に捕方《とりかた》を配そう。矢島《やじま》」

「はい」

初老の同心が顔をあげた。

「人数が多すぎても、かえって目立つからな。捕方は二十名ほどでいいだろう」

「かしこまりました」

「身代金は誰が運ぶ？」

「手前が運びます」

嘉兵衛が名乗りをあげた。

「身代金は見せ金にしてくれ」

「見せ金、と申しますと？」

「千両箱に小石でも詰めこんで、その上に小判をならべておけばよい」

「承知いたしました」

「では、出役《しゅつやく》の支度があるので、わしらはこれで退散する。くれぐれも一味に気《け》どられぬようにな」

「お役目ご苦労に存じます。一つ、よしなにお取り計らいのほどを」

徳次郎が丁重に頭を下げて、四人を見送った。

それからさらに半刻たった四ツ半（午後十一時）ごろ……。

柳原土手下の川原に、捕方の一団がひそやかに姿をあらわした。

一団を先導しているのは、陣笠をかぶり、火事羽織、野袴《のばかま》をつけた与力・内藤平八郎と、鎖鉢巻《くさりはちま》き、鎖帷子《かたびら》、籠手《こて》、脛当《すねあ》てで厳重に身ごしらえをした同心・矢島である。

内藤が指揮十手をさっと振り上げる。それを合図に二十名の捕方は整然と八の字に雁行《がんこう》し、蘆荻《ろてき》の茂みに散っていった。柳森稲荷の社《やしろ》を半円形に取りかこむ陣形で、捕方の一団が蘆荻の茂みに身を伏せると、川原にふたたび静寂がよみがえった。

上弦の月が蒼々と耀いている。

一陣の風が吹き抜け、川原の蘆《あし》がさわさわと波打つ。

どこかで水鶏《くいな》が啼《な》いている。その啼き声があたりの静けさをいっそう際立たせた。

内藤と矢島は、土手下の茂みに身を隠して、嘉兵衛があらわれるのを待った。

緊迫した時間が刻一刻と流れてゆく。

やがて……、

――ゴーン、ゴーン、ゴーン……。

と浅草寺の鐘が鳴りはじめた。子の刻を告げる鐘である。

と……、それを合図のように、土手の上にぽつんと人影がわき立った。背中に大きな荷物を背負っている。『和泉屋』の一番番頭・嘉兵衛だ。背中の大きな荷物は千両箱である。月明かりを頼りに、嘉兵衛はゆっくり土手の斜面を下りはじめた。

川原につづく細い道にさしかかったときである。ふいに、

「まわりを見ずに、まっすぐ歩け」

かたわらの茂みの中から低い声がした。内藤平八郎の声である。

「はい」

「一味があらわれたら手を上げて知らせろ」

「はい」

極度の緊張のせいか、嘉兵衛の声は上ずっている。

まっすぐ正面をむいたまま、ゆっくり歩をすすめた。

前方の闇に小さな明かりがゆれている。柳森稲荷の灯明《とうみよう》の火である。

浅草寺の鐘が最後の九つを打った。その余韻が消えると同時に、嘉兵衛は稲荷社の石畳に立った。恐る恐る社殿の前に歩み寄り、

「身代金を持ってまいりました」

声をかけてみたが……、応答はない。

千両箱を社殿の基壇《きだん》の上において、嘉兵衛は心細げに四辺の闇を見まわした。周囲の蘆の茂みには二十名の捕方が伏在している。そのことは嘉兵衛も知っていたが、なんとなく不安になった。ひとわたり見まわしたところ、人のいる気配がまったく感じられなかったからである。

不気味なほど静謐《せいひつ》な時が流れてゆく。

嘉兵衛の不安は、やがて苛立《いらだ》ちに変わった。一味は一向にあらわれる気配がない。

身代金の千両箱も社殿の基壇におかれたままだ。

またたく間に四半刻（三十分）が過ぎた。

社殿に供えられた灯明の火が風に吹かれてゆらいだ。

嘉兵衛は思わず振り返って見た。……と、その眼が一点に吸い寄せられた。

社殿の左わきの草むらに何か白いものが見えた。不審に思いながら歩み寄った

瞬間、

「わッ！」

と悲鳴をあげて、嘉兵衛は跳びすさった。

草むらに横たわっている白いものは女の死体だった。それも一糸まとわぬ全裸である。

嘉兵衛の悲鳴を聞きつけて、社殿を包囲していた二十名の捕方が、蘆の茂みの中からいっせいに立ちあがった。

「どうした！」

内藤と矢島が脱兎《だっと》の勢いで駆けつけてくる。

「お、お内儀さんが……！」

蒼白の顔で嘉兵衛が指さした。内藤と矢島が社殿の左わきの草むらに足を踏み入れたとたん、思わず息を飲んで立ちすくんだ。

草むらに横たわっている全裸の女の死体は、『和泉屋』の内儀・お篠だった。

しかも、死体の様子が尋常ではなかった。喉首が鋭利な刃物でざっくり切り裂かれ、めくれた肉の奥に白い喉骨が見えている。そればかりか秘所の肉もえぐり取られ、血にまみれた秘孔に折り畳んだ紙がはさまれていた。

内藤がその紙をつまみ上げて、開いてみた。

「番所に知らせた酬《むく》いだ」

紙には、血文字でそう記されていた。内藤と矢島の顔が凍りついた。

「勘づかれたか……」

歯噛みしながら、内藤がつぶやいた。

一味はいつ、どこで町方が動いたことを知ったのか。

それが謎だった。

内藤はかがみ込んで、お篠の死体を見た。傷口の血はすでにどす黒く凝固している。殺されてから半刻（一時間）以上はたっているようだ。とすれば、一味は半刻前に町方の動きを知ったことになる。

「いずれにしても……」

内藤が立ち上がった。

「このまま死骸《しがい》を放置しておくわけにはいかん。『和泉屋』に運ばせろ」

「はっ」

と矢島がうなずいて、蘆の茂みに棒立ちになっている捕方に声をかけた。

「誰か戸板を持ってきてくれ」

矢島の下知を受けて、三人の捕方が近くの番屋に走った。

小半刻後……。

お篠の亡骸《なきがら》は日本橋本町の『和泉屋』に運ばれ、夜が明け切らぬうちに下谷寺《てら》町《まち》の檀那寺《だんなでら》『長福寺《ちようふくじ》』で荼毘《だび》に付された。

そしてこの事件は、徳次郎の意向によって固く秘匿《ひとく》され、お篠の死は心ノ臓の発作として処理されたのである。


それから四日後の夕刻。

馬喰町の公事宿『大黒屋』に、旅装の初老の男がたずねてきて、

「ご主人さまにぜひお会いしたいのですが」

応対に出た女中にそう告げた。

『和泉屋』の一番番頭・嘉兵衛である。

ちょうど宿泊客の夕食時で、宿はてんてこ舞いの忙しさだった。

あるじの宗兵衛も接客に駆り出されていたため、奥座敷に通された嘉兵衛は、長いこと待たされる羽目になった。

余談になるが……。

大坂の経済は銀本位で、江戸は金本位である。

したがって大坂と江戸のあいだには通貨レートがあり、江戸の金は大坂で銀に、大坂の銀は江戸で金に両替しなければならなかった。『大黒屋』の常連客にも、大坂からの商用の客が少なくなかった。彼らのほとんどは、宿泊代を銀で支払っていく。それを『和泉屋』に持ち込んで金に両替してもらっていた。

そんな関係で宗兵衛と嘉兵衛はかねてから昵懇《じっこん》の間柄だったのである。

「大変お待たせいたしました」

夕食の支度が一段落ついたところで、ようやく宗兵衛が姿をあらわした。

「お忙しいところ申しわけございません」

「どうなさったんですか？　その恰好は」

旅装の嘉兵衛を見て、宗兵衛がけげんそうに訊《たず》ねた。

「じつは……」

嘉兵衛が悄然《しょうぜん》と肩を落としながら、

「本日かぎりで『和泉屋』を暇《いとま》することになりまして」

「いとま？」

「『大黒屋』さんには本当に永いあいだお世話になりました。これまでのご厚情とご恩は生涯忘れません。どうかご健勝でお過ごしくださいまし」

「ちょ、ちょっと待ってください」

あまりに唐突な話なので、宗兵衛は面くらった。

「三十年もっとめあげたお店《たな》を急にやめるなんて、いったい何があったんですか」

「それが……、その……」

と口ごもるのへ、

「嘉兵衛さんから聞いた話は決して口外いたしません。わたしを信じて、思いのたけを話してもらえませんでしょうか」

「………」

嘉兵衛は、一瞬ためらいの表情をみせたが、意を決するように、

「『和泉屋』のお内儀さんが亡くなったことを、『大黒屋』さんはご存じでしょうか」

「ええ、昨日知りました。心ノ臓の発作で急に亡くなられたとか……。あいにく、わたしは手が放せなかったものですから、番頭の与平に香典を届けさせました」

「それは、あくまでも表向きの話でして……」

と前おきして、嘉兵衛はおどろくべき事実を打ち明けた。

内儀のお篠が何者かに誘拐《かどわか》されたことや、あるじの徳次郎が一味の要求を拒否して町奉行所に通報したために、お篠が惨殺されたことなどである。

「まさか！」

といったまま、宗兵衛は絶句した。

「——お内儀さんは、まるで菩薩《ぼさつ》さまのように、心根のやさしい人でした」

嘉兵衛が眼を細めて述懐する。

「朗《ほが》らかで、いつも笑みを絶やさず、奉公人の誰からも慕われておりました……。『和泉屋』はあのお内儀さんでもっていたようなものなのです」

「それは、わたしもよく存じておりますよ」

「このさいですから、手前の胸のうちを正直に申しあげます」

急に、嘉兵衛が居住まいを正した。

「お内儀さんは……、旦那さまに殺されたんです」

「！」

宗兵衛は思わず息を飲んだ。あまりにも過激で直截な言葉だった。

「旦那さまが身代金を惜しんでご番所に知らせたために、お内儀さんは一味に殺されたんです。旦那さまが殺したも同然です！」

怒りと悲しみを叩きつけるように、嘉兵衛が激しい口調でつづける。

「お内儀さんの野辺送りをすませたあと、旦那さまはこう申しておりました。千両の金を稼ぐのには三月《みつき》かかるが、女房の代わりはすぐにでも見つかると……」

「徳次郎さんがそんなことを！」

「それが旦那さまの本音だったんです。手前が店をやめる決心をしたのは、そのときでした。これ以上、旦那さまにはついていけないと思ったんです」

「そうですか」

宗兵衛は暗然とうなずいた。

「で、これからどうなさるおつもりで？」

「郷里《くに》に帰ります」

「郷里はどちらですか」

「奥州棚倉《たなくら》の在です。年老いた父母が百姓暮らしをしておりますので、遅まきながら手前が家業をついで、両親《ふたおや》を楽にしてやろうかと……」

「嘉兵衛さんがもどられたら、さぞご両親もお喜びになるでしょう」

宗兵衛はふっと笑みを浮かべて、手文庫から小判を五枚取り出して紙につつみ、

「些少《さしよう》ですが……、これは餞別《せんべつ》です」

「あ、そんなことをしていただいては……」

「ほんの気持ちですから、どうぞ遠慮なくお納めください」

金包みを嘉兵衛の手ににぎらせた。

「ありがとう存じます」

金包みをにぎった手にほろりと光るものが落ちた。嘉兵衛の涙だった。

第五章　悪徳の果て

一

湯屋の帰りに、唐十郎は近所の菜屋《さいや》で惣菜《そうざい》を買い、家にもどって一杯やりはじめた。

そこへ、「ごめんなすって」と重蔵が入ってきた。

「おう、重蔵か」

「明かりが見えねえんで、留守かと思いやしたよ」

重蔵にそういわれて、唐十郎は部屋の昏《くら》さに気づいた。六ツ（午後六時）を少し過ぎたばかりだというのに、もう部屋の中には薄闇《うすやみ》がただよいはじめている。

「灯《ひ》を入れよう」

唐十郎が立ち上がろうとすると、重蔵がすかさず、

「あっしがやりやす」

といって、部屋のすみの行灯《あんどん》に灯を入れ、唐十郎の前に腰を下ろした。

「おまえも飲《や》るか」

「へえ。遠慮なくいただきやす」

貧乏徳利の酒を湯呑みにつぎながら、

「何かわかったのか」

唐十郎がさりげなく訊《き》くと、重蔵は湯呑みの酒を一口ごくりと飲んで、

「旦那《だんな》、日本橋の『和泉屋』って両替屋をご存じで?」

「名前だけは知っている。それがどうかしたのか」

「『和泉屋』の内儀が誘拐《かどわかし》一味に殺されやした」

「なに」

唐十郎の顔に驚愕《きようがく》が奔《はし》った。一瞬、声を失った。『備前屋』の事件以来、ずっと懸念していた第四の事件が現実に起こってしまったのだ。しかも最悪の結果となって……。

愕然《がくぜん》と沈黙する唐十郎に、

「ひどい話でしてね」

嘆息をつきながら、重蔵が話をつづけた。

『大黒屋』宗兵衛から聞いた話の一部始終である。唐十郎は、酒を満たした湯呑みに手もつけず、黙って耳をかたむけていたが、重蔵の話が終わるなり、

「――むごい」

と、うめくようにつぶやいて顔をあげた。眼のふちが赤く染まっている。

「身代金を惜しんで、女房を見殺しにするとは……、あまりにもむごすぎる」

「あげくの果てに……」

重蔵がさらに語をつぐ。

「亭主の徳次郎はこうぬかしたそうです。千両の金を稼ぐには三月《みつき》かかるが、女房の代わりはすぐ見つかると」

「………」

返す言葉がなかった。

「血の通った人間のいう科白《せりふ》じゃありやせんよ、これは」

めずらしく重蔵も感情をむき出しにしている。

「重蔵」

唐十郎が射すくめるように重蔵を見て、

「ひとつ、解《げ》せぬことがあるんだが」

「へえ」

「『和泉屋』が奉行所に通報をしたことを、一味はなぜ知ったのだ?」

その疑問に、重蔵は明快に応えた。

「北の番所に一味と通じる者がいたんです」

「内通者?」

「通報を受けて『和泉屋』に駆けつけてきた四人の町方《まちかた》の中に、定廻《じようまわ》りの今井半兵衛もいたそうで」

「今井半兵衛が!……まことか、それは!」

「『和泉屋』の手代から聞いた話ですから、まちがいありやせん」

「──そうか。そういうことだったか」

又三を大番屋から解き放ったのは、今井である。その今井が誘拐《かどわかし》一味と通じていたとすれば、『三升屋』事件と誘拐事件は、同じ一味の犯行ということになる。

「旦那、ここまで話が煮詰まったら、もう疑うまでもねえでしょう」

「うむ」

うなずいて、唐十郎は湯呑みの酒を一気に喉《のど》に流しこんだ。

「今井を締め上げてみるか」

ジジッ……。

と、かすかな音をたてて、百目蠟燭《ひやくめろうそく》のかぼそい炎が妖《あや》しげに揺れた。

その明かりの中に、二十五、六の女が全裸で立っている。豊満な乳房、たっぷり肉のついた腰、張りのある太股《ふともも》。女盛りの熟れた裸身である。

蠟燭の明かりをかざしているのは、北町奉行所の定廻り同心・今井半兵衛。

女は、今井の囲い者で、お葉《よう》という。

下帯ひとつの姿の今井がお葉の足もとにひざまずき、躰《からだ》のすみずみに蠟燭の明かりを当てながら、なめるような眼で見ている。

そこは日本橋本銀町の妾宅《しょうたく》の寝間である。

全裸で立っているお葉の股間《こかん》を、今井がすくい上げるように見ながら、

「もそっと脚を開きなさい」

「いや……、恥ずかしい」

お葉がなまめかしげに躰をくねらせる。

「いまさら恥ずかしがることはあるまい。さ、脚を開いてとくと見せておくれ」

いわれるまま、お葉は大きく脚を開いた。股間に黒々と秘毛が茂っている。

今井は蠟燭の明かりをそこに近づけ、秘毛の奥の切れ込みを、指先で押し広げるようにしてのぞき込んだ。薄桃色の肉ひだがぬれぬれと光っている。

「ふふふ、きれいな色をしておるのう」

切れ込みの肉芽をつまんで愛撫《あいぶ》する。

「あ、旦那……」

「ここがよいか？　……ん？　ここがよいのだろう」

「あ、いや……。ああ……」

鼻を鳴らしながら、お葉がくるおしげに腰をくねらせる。

「ほれ、ほれ、もう濡《ぬ》れてきたぞ」

「もォ、旦那、意地悪なんだから……。じらさないで早くしてくださいな」

蓮《はす》っ葉《ぱ》な感じで、お葉がそういうと、今井は口もとにふっと好色な笑みをにじませ、

「わかった。わかった」

とうなずきつつ、百目蠟燭を燭台《しょくだい》におき、下帯をはずして素っ裸になった。

股間の一物はすでに隆々と屹立《きつりつ》している。痩《や》せぎすの躰のわりには太くて長い一

物である。

突っ立っているお葉の前に膝《ひざ》立ちになり、片方の乳房を揉《も》みしだきながら、かぶりつくようにもう一方の乳房を口にふくんだ。顔をふさぐほど大きな乳房である。鼻がふさがれて息が苦しい。顔を離して乳首をかるく噛《か》んでみる。

「あ、ああ……」

お葉は絶え入るような声を発して、上体を大きくのけぞらせた。

お葉の両脚のあいだに膝を入れ、あぐらをかいた。ちょうど眼の高さにお葉のはざまがあった。下からのぞき見る。秘孔に露があふれている。

尻をつかんでグイと引き寄せる。今井の顔にお葉がまたがるような恰好になった。股間に顔をうずめて切れ込みをなめ上げる。

「あ、いや……、だめ……」

「わしのものを入れてもらいたいか」

「あ、ああ……」

「わからん。入れてください、とはっきり申せ」

「い、入れてください」

「よし」

腰にまわした手に力を入れて、膝の上にグッと引き下ろす。屹立した一物が壺口にぬるりと当たる。お葉を前抱きにした形で膝の上に座らせる。一物が根元まで没入した。

「あーっ」

と喜悦の声をあげて、お葉が尻をくねらせる。

座ったままの媾合《まぐわい》、いわゆる「座位」はお葉がもっとも感じる体位である。一物の尖端《せんたん》が子袋を突きあげる快感がたまらないという。

「どうだ？　……よいか、お葉」

「いい……。す、すごく、気持ちいい……」

口走りながら、お葉は激しく尻を上下させた。一物が秘孔の肉壁を突きあげる。そのつど峻烈《しゅんれつ》な快感がお葉の躰の中を奔りぬける。今井もしだいに昇りつめていった。

「だ、旦那……。あたし、もう、だめ……。いきます」

「わしもだ」

お葉の中で熱いものが炸裂《さくれつ》した。今井が精を放ったのだ。秘孔の肉ひだがひくひくと痙攣《けいれん》している。今井の一物も激しく脈打っている。

下腹を接合させたまま、二人は余韻を楽しむようにしばらく抱き合っていた。

やがて……、
お葉が気だるげに躰を離した。萎《な》えた一物がつるりと抜ける。

お葉は前かがみになって今井の股間に顔を近づけ、萎えた一物を指でつまみ上げると、いとおしげにそれを口にふくんで、ゆっくり出し入れした。

今井は惚《ほう》けたような眼でそれを見ている。お葉がふっと顔をあげた。

「旦那、お疲れなんですか」

「うむ。少々……」

「じゃ、今夜はこれでやめておきましょう」

一物はぐんなりと萎えたまま、一向に回復する気配を見せない。お葉はあきらめるように立ち上がって、そそくさと衣服をまといはじめた。

それを見て今井も立ち上がり、手早く身支度をととのえると、ふところから二両の金子を取り出して、お葉の手ににぎらせた。

「今月の生活費《ついえ》だ」

「ありがとうございます」

お葉が媚《こび》をふくんだ笑みで礼をいう。

「また、くる」

未練がましく見返りながら、今井は出ていった。

本銀町の路地をぬけて、外濠《そとぼり》通りに出た。

今夜もおぼろ月夜である。

吹き抜ける夜風が生あたたかい。初夏を思わせる陽気である。

外濠通りを一石橋にむかって歩きながら、今井はククッとふくみ笑いを漏らした。

お葉の白い豊満な裸身が脳裏を去来する。そのたびに股間が熱くなった。

情事の余韻を楽しみながら、今井は浮き立つような足取りで家路を急いだ。

八丁堀の組屋敷には、今年四十になる妻女と十七歳の息子がいる。この数年、その妻とは一度も肌を合わせたことがなかった。女の四十は、もう初老の域である。いまさら抱く気にもならなかった。

もっとも、今井自身も四十を過ぎてから急激に欲望がおとろえ、妻以外の女にも興味をそそられることはなかった。

——歳を取るということは、そういうことなのだろう。

達観というより、なかばあきらめの境地だった。

　ところが、お葉と出会ってから、今井は別人のように人変わりした。ひさしく忘れていた男の歓《よろこ》びが俄然《がぜん》よみがえったのである。

　二十歳も年のちがうお葉の若い肉体に、今井は年がいもなく惑溺《わくでき》していった。

　とはいえ、お葉とは情愛でつながった関係ではない。あくまでも金銭でむすびついた関係なのである。

「金の切れ目が縁の切れ目」

　という俚諺《りげん》がある。二人はまさにそういう関係だった。

　お葉をつなぎとめておくには金がいる。その金を稼ぐために、今井は真崎三十郎と手を組んで、悪徳の泥沼へと足を踏み入れていったのである。

二

　一石橋の北詰にさしかかったとき、前方の闇に忽然《こつぜん》と人影が浮かび立った。

　今井はけげんに足をとめて、闇に眼をこらした。

　人影が足早に橋をわたってくる。長身の浪人体の男である。夜中なのに塗笠《ぬりがさ》をかぶっているのが不審だった。今井は警戒するようにゆっくり歩を踏み出した。

「今井半兵衛どのか」

すれちがいざま、男が低い声で誰何《すいか》した。今井は足をとめてけげんそうに見返した。

「いかにも……。おぬしは何者だ？」

「公事宿《くじやど》始末人」

浪人は、千坂唐十郎であった。

「面妖《めんよう》な！　……な、名を名乗れ」

「誘拐一味に情報を売ったのは、あんただな」

「な、なにッ」

今井の顔からさっと血の気が引いた。

「知らぬとはいわせぬ。情報を売った相手は誰なのだ」

唐十郎が再度問い詰めると、今井はやにわに刀を抜き放ち、

「貴様の知ったことではない！」

叫びながら、猛然と斬《き》りかかってきた。とっさに横に跳んで切っ先をかわす。

今井は勢いあまって二、三歩前に突んのめり、すぐさま躰を返して青眼に構《かま》えた。

　唐十郎は、両手をだらりと下げたまま、仁王立ちしている。

「どうしてもいえぬ、というのか」

　突き刺すような眼で、今井を見すえた。

　今井は無言。口を一文字に引きむすび、じりじりと足をすりながら、斬り込む隙《すき》をねらっている。その構えで今井の技量が見えた。剣尖が小さく揺らいでいる。手首の膂力《りょりょく》の弱さを示す何よりの証《あかし》だ。

　唐十郎は、右足《うそく》を引いて右半身《はんみ》に構えた。「後《ご》の先《せん》」をとる構えである。

　両者の間合いは、およそ二間。

　今井が右に左に足をすりながら、じわじわと間合いをつめてくる。唐十郎は右半身に構えたまま微動だにしない。塗笠の下の眼は、今井の足を見ている。

　次の刹那《せつな》、今井の足が一刀一足の間境《まざかい》を越えた。……と見た瞬間、
　しゃっ！

　唐十郎の刀が鞘走《さやばし》った。今井の刀を下からすくい上げる。鋭い鋼《はがね》の音がひびきわたり、青白い月明に白刃が反射《はね》た。間髪をいれず、返す刀で真《ま》っ向唐竹割《こうからたけわ》りに斬り下ろす。

　ずばっ。

骨肉を断つ音とともに血煙が舞った。今井の腕が刀をにぎったまま、肩口から斬り落とされていた。はずみで今井は後方によろけ、どすんとぶざまに尻餅《しりもち》をついた。

その鼻面に唐十郎の刀が突きつけられた。

尻餅をついたまま、今井は放心したように唐十郎を見上げた。何が起きたのか、自分でも理解できないのだろう。腕を失った肩口からすさまじい勢いで血が噴き出している。

「いえ。情報を売った相手は誰なのだ」

今井は口を引きむすんで、しずかに眼を閉じた。その顔からみるみる血の気が失せてゆく。意識はまだあった。口の中でぼそぼそと念仏《ねんぶつ》を唱《とな》えている。

「死んでもいえぬのか」

「…………」

今井は応えない。肩の切断面から音を立てて血が噴き出している。人の体内にこれほどの血があったかと思うほど、おびただしい量の血である。

血を失って、紙のように白くなってゆく今井の顔を見下ろしながら、

(この男は、いったい何を守ろうとしているのか)

唐十郎はふとそんな疑問にとらわれた。

人は死ぬと仏《ほとけ》になるという。だが、この男は死んでも悪党をつらぬく覚悟らしい。

そうまでして守らなければならぬものとは、いったい何なのか。今井の胸中を推《お》し量ることができなかった。

今井がふっと眼をあけて、唐十郎を見上げた。

「さ、ひと思いに殺してくれ」

「悪人のまま死んだら、貴様は地獄に堕ちるぞ」

「もとより覚悟の上……。わしは……、現世《げんせ》でたっぷり極楽を味わった。もう思い残すことは何もない……。さっさと殺《や》ってくれ」

今井があえぐようにいう。

唐十郎は黙って刀を振り上げた。今井がふたたび眼を閉じる。そこへ叩《たた》きつけるような一刀をあびせた。ごろんと音がして、今井の首が地面にころがった。

刀の血ぶりをして鞘におさめると、唐十郎はやり切れぬように吐息をつき、ゆっくり背を返してその場を離れた。

神田小川町の榊原家の屋敷に、徒目付《かちめつけ》の真崎三十郎がたずねてきたのは、翌朝の四ツ（午前十時）ごろだった。

かねて顔見知りの門番に、辰馬への取り次ぎをたのむと、ほどなく表玄関から辰馬が姿をあらわした。袴《はかま》はつけず、白衣《びゃくえ》（平服）の着流しである。

「朝から何の用だ」

「ここではまずい。歩きながら話そう」

真崎が眼顔でうながした。何かを感じたらしく、辰馬は無言でそのあとについた。

屋敷から半丁ほど離れたところで、真崎が急に歩度をゆるめ、

「北町の今井半兵衛が、昨夜、何者かに殺された」

声をひそめていった。

「今井が……！　殺された……！」

辰馬の顔色が変わった。さすがに次の言葉が出ない。

「首と腕を斬り落とされていたそうだ。得物《えもの》は刀に相違あるまい」

「……！」

「おぬし、幕府にお庭番という役職があるのを知っているか」

「いや、知らぬ。どんな役職なのだ、それは？」

「上さま直属の隠密だ」

「隠密？」

お庭番は、八代将軍・吉宗が創設した将軍直属の隠密で、諸藩や遠国《おんごく》の奉行所・代官所などの実情調査、幕府諸役人の行状や世間の風聞・情報を収集し、ときには暗殺剣をもふるう、幕府最強のブラック・チェンバー（秘密情報機関）である。

しかも彼らの実体を知る者はほとんどいない。真崎もうわさに聞いただけである。

「やつらは浪人や虚無僧《こむそう》、物売りなどに身をやつして探索に歩いているそうだ」

いわれてみれば、又三に『三升屋』事件の真相を迫ったのも浪人者だった。

そして昨夜の今井殺しも得物は刀。たしかにつじつまは合う。

同じような事件が二度もつづけば、もはや偶然では片づけられまい。

「まさか、そのお庭番が……！」

「断定はできんが、わしらの身辺に探索の手がしのび寄っていることは確かだ」

「………」

「悪いことはいわぬ。しばらく浜町河岸の屋敷には近寄らぬほうがいい」

辰馬が足をとめて、不安げな表情で真崎を見返した。

「おれのことより、おぬしの身が心配だ」

「わしのことが?」

「今井とおれは一面識もないが、おぬしと今井は以前から昵懇《じっこん》の間柄だ。もし今井が死ぬ前に口を割ったとしたら、探索の手はおぬしにおよぶだろう」

「案ずるな。仮に疑われたとしても、わしは白《しら》を切りとおす」

「それですめばよいが……」

「考えてみろ、辰馬。わしがいったい何をしたというのだ?」

「………」

「直接手を下したのはおぬしたちではないか。わしは今井に口利きをしただけだ。公儀から咎《とが》めを受けるような真似は何もしておらぬ」

「なるほど、うまい逃げ口上だな」

辰馬が皮肉に笑った。

「とにかく、ほとぼりが冷めるまで、当分、わしらは会わぬほうがいい」

いいおいて、足早に去ってゆく真崎の背中に、冷やかな一瞥《いちべつ》をくれると、辰馬はくるりと背を返して屋敷にもどっていった。

屋敷の玄関を入って、中廊下から奥の小廊下に出たところで、長兄の求馬とばったり鉢合わせした。

「あ、兄上、お出かけですか」

「うむ」

と求馬がうなずいて、

「母上から聞いたぞ。近ごろ、家を空《あ》けることが多いそうだな」

たしなめるようにいった。五つ歳上の兄である。背丈も高く、弟の辰馬とは似ても似つかぬ端整な面立ちをしている。辰馬は気まずそうにうつむいた。

「いつまでも自堕落《じだらく》な暮らしをしていると、ますます嫁の来手《きて》がなくなるぞ」

「…………」

むっとした顔で、辰馬がやり過ごそうとすると、求馬が、

「辰馬」

と呼びとめて、

「来月、菊江《きくえ》どのが嫁に行くそうだ」

「菊江どのが？」

「津久井《つくい》さまのご長男のもとへな。菊江どのは良縁を得たとよろこんでいるそうだ」

さも当てつけがましくいって、求馬は立ち去った。

菊江とは、同じ小川町に屋敷をかまえる旗本千二百石・杉本八郎左衛門《すぎもとはちろうざえもん》の長女である。榊原家とは古くから付き合いがあり、辰馬と菊江は幼なじみでもあった。

菊江は幼いころから愛くるしい娘だったが、成長とともに眼を見張るほど美しくなり、近隣の旗本の息子たちの憧《あこが》れの的《まと》になっていた。

女に対して晩生《おくて》だった辰馬が、菊江を意識するようになったのは、三年ほど前からだった。偶然、道で行き合った折り、菊江の耀くような美しさに心をうばわれ、それ以来ひそかに菊江に恋情をいだくようになったのである。

その菊江が嫁に行くという。しかも相手は辰馬の学友・津久井新之助《しんのすけ》である。

辰馬の身のうちにめらめらと嫉妬《しっと》の炎が燃えたぎった。すぐさま自室にもどり、外出の身支度をととのえると、辰馬は矢のように屋敷を飛び出した。

行き先は、杉本家の屋敷である。

雉橋《きじばし》通りを北にむかって二丁ばかり行くと、左手に杉本家の門が見えた。

知行千二百石の旗本屋敷の門がまえは、家士の住まいが棟つづきになった、いわゆる長屋門で、片側に門番所がついている。

門前にさしかかった瞬間、いきなり誰かに襟首《えりくび》をわしづかみにされたように、辰馬はたたらを踏んで足をとめ、いぶかる眼であたりを見まわした。

(おれは何しにここへきたのだ?)

自分でもわけがわからなかった。

菊江に逢《あ》おうと思ったことは確かである。

だが、逢ってどうするつもりだったのか。

菊江の顔を見れば気がすむとでも思ったのだろうか。

頭に血が昇っていたので、自分が何をしようとしていたのか理解できなかった。

「ら、らちもないことを……」

思わず苦笑いを浮かべて、辰馬は踵《きびす》を返した。

杉本家の築地塀《ついじべい》が切れたところで、辰馬はふと足をとめて前方に眼をやった。

仲むつまじげに肩をならべて歩いてくる男と女の姿が目路《めじ》に入った。津久井新之助と菊江である。辰馬はとっさに築地塀の角に身を隠した。

新之助と菊江が楽しそうに語らいながら、辰馬の眼の前を通りすぎてゆく。

辰馬の胸に、一度冷めた妬心《としん》が、またむらむらとわき立ってきた。

津久井新之助は、旗本五千石大番頭《おおばんがしら》・津久井淡路守《あわじのかみ》の長男である。かつて芝《しば》神明《しんめい》の儒学者・滝沢洪庵《たきざわこうあん》の塾でともに学んだ仲だった。

当時から、新之助は俊才の声望が高く、剣の腕も立った。文字どおり文武両道に秀でた青年で、家柄も申し分なかった。辰馬とくらべれば何もかもが雲泥の差である。杉本家が良縁を得たとよろこぶのも当然のことであろう。

(何が良縁だ……)

新之助に対する嫉妬心と敗北感、そして菊江をうばわれた喪失感がないまぜになって、辰馬の胸中にはどす黒い感情がふつふつと煮えたぎっていた。

三

その夜、千坂唐十郎は、十日ぶりに浅草元鳥越の小料理屋『ひさご』をたずねた。

「あら、旦那、おひさしぶり」

女将のお喜和が満面に笑みを浮かべて迎え入れる。

まだ時刻が早いせいか、客は近所の商家の隠居らしき老人が一人である。唐十郎が入ってくるなり、老人は遠慮するように酒代を払って出ていった。

唐十郎は、いつもの席に腰を下ろした。

「お酒、冷やでいいんですか」

「ああ」

「夕飯はすんだんですか」

「ここへくる途中、めし屋で食ってきた」

「浅蜊《あさり》のぬたがありますけど、召し上がってみます？」

「うむ」

お喜和が徳利と小鉢を運んできて、猪口《ちょこ》に酒をつぎながら、

「その後、どうなりました？」

気がかりな眼で訊いた。誘拐《かどわかし》事件のことである。『備前屋』を離縁されたおちのもとに聞き込みに行ってから、お喜和もずっと事件のことが気になっていたのだ。

「いまのところ手がかりは何もない。八方ふさがりだ」

猪口の酒を喉に流しこみながら、唐十郎は苦い顔で応えた。

「ところで、旦那」

お喜和が急に声を落として、話題を変えた。

「『和泉屋』のお内儀《かみ》さんが殺されたって話、ご存じ？」

「ん？」

「もちろん、ご存じですよね。わたしが知ってるぐらいなんだから」

「おまえはどこでそれを知ったのだ？」

「うわさですよ。誘拐一味に殺されたって聞きましたけど、本当なんですか、それって」

「本当のようだな」

そっけない返事がかえってきた。

正直なところ、唐十郎はその事件には触れたくなかった。酒席の話題にするには、事件の結末があまりにも残酷すぎたからである。

「でも、なぜ……？」

お喜和が首をかしげて、

「誘拐一味は、身代金を取るのがねらいだったんでしょ。人質を殺してしまったら元も子もないじゃありませんか」

　当然の疑問である。唐十郎は一瞬、逡巡《しゅんじゅん》しながら、

「亭主の徳次郎が身代金を惜しんで、番所に知らせたからだ」

「そんな……！」

　お喜和が柳眉《りゅうび》を逆立てた。

「身代金を払わなければ、お内儀さんがどんな目にあうか、ご亭主にはわかっていたはずですよ。そうでしょ、旦那？」

「うむ」

「だったら、見殺しにしたも同然じゃありませんか。赤の他人ならまだしも、自分の女房を見殺しにするなんて……、ひどすぎます。あんまりです！」

　つねになく激しい口調で、お喜和は憤慨した。

「………」

　口には出さなかったが、唐十郎の心中にも同じ怒りがあった。

　非はもちろん誘拐一味にある。だが、身代金を惜しんで女房を見殺しにした徳次郎の罪も看過できないだろう。

「商人《あきんど》の亭主なんて、みんな身勝手で不人情な男ばかり……。『備前屋』のご亭

主も同じですよ。お内儀さんには何の罪もないのに……、誘拐一味に躰を汚《けが》されたという理由だけで、まるでボロ布《きれ》のように捨てられて……」

お喜和の声が震えている。頬《ほお》にほろりと光るものがあった。

「もうやめよう、その話は。……気が滅入《めい》るだけだ」

「わたしもね。むかし、同じような目にあったんですよ。それで、つい身につまされて……」

頬の涙を指でぬぐいながら、お喜和が遠くを見るような眼でつぶやいた。

「同じような目に……？」

唐十郎は意外そうに訊き返した。

お喜和も八年前に一度結婚したことがある。十八のときだった。

本所入江《いりえ》町の大工の一人娘だったお喜和は、近所でも評判の美人だった。その美貌《びぼう》に惚《ほ》れこんだ京橋《きょうばし》の油問屋の若旦那から、ぜひにと請《こ》われて一緒になったのだ。

大工の娘から油問屋の内儀へ——まさに人もうらやむ「玉の輿《こし》」だったが、仕合わせな暮らしは長くはつづかなかった。二年たっても子ができなかったため、夫婦仲が急速に冷え込んでいったのである。男尊女卑のこの時代、

「嫁《か》して三年、子なきは去れ」

といわれるように、女は生殖《せいしょく》の道具としてしかあつかわれなかった。お喜和の婚家でもそうした因習《いんしゅう》がまかりとおっていた。

三年目の春を迎えたとき、お喜和は亭主から離縁状を叩きつけられ、着の身着のまま家を追い出された。実家にもどろうにも、すでに両親は他界しており、本所の家は人手にわたっていた。ほかに身寄りのいないお喜和は、深川の居酒屋に住み込み奉公に入り、朝から晩まで牛馬のように働いた。

そして四年後、爪《つめ》に火をともすようにして貯めた二十両の金で、いまの店をかまえたのである。

「いつも泣きを見るのは女だけなんです。……いえ、泣きを見るだけならまだましですよ。『和泉屋』のお内儀さんなんか亭主に見捨てられたあげく、殺されてしまったじゃないですか。こんな理不尽がまかりとおるなんて……」

お喜和の切れ長な眼に、また涙があふれた。

と、そのとき、がらりと格子戸が開いて、お店者《たなもの》ふうの男が三人、どやどやと入ってきた。お喜和はあわてて手の甲で涙をぬぐい、

「いらっしゃいまし」

精一杯の作り笑いを浮かべて、客たちを招き入れた。

唐十郎は、猪口に残った酒を一気に飲みほして、腰をあげた。

「あら、もう帰るんですか」

「用事を思い出した。また寄らせてもらう」

「ごめんなさい。つまらない愚痴《ぐち》をこぼしてしまって」

「気にするな」

ぽつりと慰めるようにいって、唐十郎は店を出た。

鳥越橋をわたり、柳橋に足をむけた。

腹の中が、真っ赤に焼けた玉鋼《たまはがね》を呑みこんだように熱い。ひさしく忘れていた怒りという感情が、唐十郎の腹の中で燃えたぎっていた。

三年前に自害した登勢のことを卒然と思い出したのである。

いわば登勢も、夫の身勝手さと不人情による、哀れな犠牲者だった。一方的に不義の疑いをかけられて死んでいった登勢の無念を思うと、あらためて胸が痛んだ。

「いつも泣きを見るのは女だけなんです。……いえ、泣きを見るだけならまだましですよ。『和泉屋』のお内儀さんなんか亭主に見捨てられたあげく、殺されてしまったじゃないですか」

お喜和の言葉が耳によみがえった。と同時に、なぜか、まったく面識のない『和泉屋』の内儀・お篠の顔と登勢の面影が二重映しになって脳裏をよぎった。

お篠を殺したのは誘拐一味である。番所に通報した亭主の徳次郎には、何の落ち度もない。法の上でも咎められる理由は何もなかった。

(だが……)

と、唐十郎はかぶりを振る。

身代金を惜しんで、お篠を見殺しにした上、奉公人の面前で「千両の金を稼ぐには三月かかるが、女房の代わりはすぐ見つかる」といってはばからない徳次郎の没義道《もぎどう》は、同じ男として……、というより人間として許されるものではなかった。

徳次郎にひとかけらの良心でもあれば、お篠は殺されずにすんだはずである。それを思うと無性に腹が立った。『大黒屋』宗兵衛のいう「法で裁けぬ悪」とは、まさに徳次郎のような男をいうのではないか。

(許せぬ)

胸中に、ある決意をひめて、唐十郎は神田川の土手を下りていった。

船着場の桟橋に一挺《ちょう》の猪牙舟《ちょきぶね》がもやっていた。舟の艫《とも》で、丈吉がぼんやり煙管《きせる》をくゆらせながら客待ちをしている。

「旦那」

眼ざとく唐十郎の姿を見て、桟橋に降り立った。

「何か御用で？」

「おまえ、『和泉屋』の徳次郎って男を知っているか」

「へえ。よく存じておりやすよ。ちょうど一刻ほど前に日本橋の船着場で『和泉屋』の旦那を乗せやしてね。深川まで送って行ったところです」

「深川のどこだ」

「佐賀町の『浜之屋』って料理茶屋で」

「そうか。……すまんが、丈吉。その料理茶屋までやってくれ」

「承知しやした。どうぞ」

唐十郎が舟に乗り込むと、丈吉は水棹《みさお》をたくみに操って舟を川面《かわも》に押し出した。

柳橋の下をくぐって大川に出る。右手に両国橋の巨大な影が見えた。

猪牙舟は両国橋の下を通り、川下へと向かってゆく。

このところ温暖な陽気がつづき、舟遊びをする客も増えている。川面のあちこちに屋根舟の舟行灯や猪牙舟の舟提灯《ちょうちん》の明かりが、蛍火《ほたるび》のように点々とゆらいでいる。

「ところで、旦那」

水棹を櫓《ろ》に持ち替えながら、丈吉がけげんそうに訊いた。

「『和泉屋』の旦那に何か用事でもあるんですかい？」

「徳次郎を始末するつもりだ」

唐十郎がこともなげに応えた。

「始末！」

と眼をむく丈吉に、唐十郎はこれまでのいきさつを手短に語って聞かせた。

話を聞きおえた丈吉は、苦いものでも吐き出すかのように、ぺっと唾《つば》を吐き捨てた。

「ひでえ話だ。あっしも向かっ腹が立ってきやした」

櫓をこぐ手に思わず力が入った。ぎしぎしと櫓音をたてて、猪牙舟が一段と速度をあげる。それっきり二人は言葉をかわさなかった。

やがて前方左側の闇に、星をちりばめたようにきらきらと耀映《ようえい》する無数の明かりが見えた。深川の街明かりである。

永代橋の手前で、丈吉は大きく舵《かじ》を左にとり、佐賀町の掘割に舟を漕《こ》ぎ入れた。

埋め立て地にできた深川の街には、水はけのための水路が網の目のように走っている。市中から舟に乗って深川に遊びにきた客は、その水路を利用して目当ての茶屋や料亭などの桟橋に、直接舟を着けることができた。

「着きやした」

丈吉が舟をとめたのは、料理茶屋『浜之屋』の裏手にある船着場だった。もやい綱で桟橋に舟をつなぐと、

「旦那はここで待っておくんなさい。様子を見てきやす」

といいおいて、丈吉はひらりと桟橋に飛び移り、闇の奥に走り去った。

唐十郎は猪牙舟の胴の間に座ったまま、煙草《たばこ》盆の煙管をとって火をつけた。

『浜之屋』の二階の窓から女の嬌声《きょうせい》や三味線の音がにぎやかにひびいてくる。

煙管をくゆらせながら、唐十郎は苦々しげに見あげた。お篠の喪《も》も明けぬうちに、茶屋遊びにうつつをぬかしている徳次郎に、あらためて烈しい怒りを覚えた。

二服目の煙草に火をつけたとき、丈吉が小走りにもどってきた。

「どんな様子だ？」

「そろそろ河岸《かし》を変えるようです」

「そうか」

唐十郎は立ち上がって、舟を下りた。

「あっしがご案内しやす」

「うむ」

船着場の石段をのぼって、二人は『浜之屋』のわきの小道をぬけて表通りに出た。

裏手の闇から一変して、表通りは真昼のような明るさである。

嫖客《うかれお》の群れ、脂粉《しふん》の香り、煮炊きの煙、高歌《こうか》放吟《ほうぎん》――遊里特有の猥雑《わいざつ》なにぎわいが渦巻いている。唐十郎と丈吉は、『浜之屋』の斜向《はすむ》かいの路地角に立って、徳次郎が出てくるのを待った。

ほどなく、仲居や茶屋女に送られて、鳶茶《とびちゃ》の羽織に縦縞《たてじま》の茶の紬《つむぎ》を着た中年男が、上機嫌で姿をあらわした。

「あの男です」

丈吉が小声でいった。

「わかった。おまえは舟で待っていてくれ」

「へい」

丈吉が走り去るのを見届けて、唐十郎は路地角から歩を踏み出した。

徳次郎が雑踏をぬうようにして歩いてゆく。

その五、六間後方、ふところ手の唐十郎が見え隠れに跟《つ》けてくる。

徳次郎は油堀川にそって、門前仲町のほうへ向かっている。

一色町《いっしきちょう》をすぎて、富岡《とみおか》橋の西詰あたりまでくると、明かりも人影もまばらになり、弦歌のひびきもほとんど聞こえなくなった。

唐十郎はあたりに人影のないのを確かめ、歩度を速めて徳次郎の背後に迫った。

「『和泉屋』」

徳次郎がぎくりと足をとめて振り返った。

「『和泉屋』徳次郎だな」

「は、はい。……ご浪人さまは？」

「公事宿始末人」

「え？」

警戒するような眼で唐十郎を見た。

「お篠の無念を晴らしにきた」

「だ、出しぬけに、何をおっしゃいますか！　……て、手前にはいったい何のことやら……」

「知らぬとはいわせぬ。貴様は人の皮をかぶったけだものだ」

「ひえッ」

悲鳴をあげて、身をひるがえした瞬間、
しゃっ！

唐十郎の刀が鞘走った。抜きつけの逆袈裟《ぎゃくげさ》である。

徳次郎の躰が大きくのけぞった。血しぶきが飛び散る。薙《な》ぎあげた刀刃は頸《くび》の血管《ちくだ》を断ち切り、喉骨に達していた。徳次郎の顔が異様にねじれて、真横をむいた。まるで文楽人形の頭《かしら》である。虚空をかきむしりながら、音を立てて仰向けにころがった。

同時に、鍔鳴《つばな》りをひびかせて、唐十郎の左文字国弘は鞘におさまっていた。

四

芝増上寺《ぞうじょうじ》の裏手に、俗に「切り通し」とよばれる坂道がある。増上寺の涅槃《ねはん》門《もん》から、桜川《さくらがわ》にかかる福島橋《ふくしま》までの、およそ百三十間（約二百三十メートル）の坂である。

この坂の下に、白首女が出没する私娼窟《ししょうくつ》があった。いわゆる岡場所である。大小の寺院に囲まれた芝切り通しの岡場所は、一般的にはあまり知られてなく、江戸の遊冶郎《ゆうやろう》たちのひそかな穴場として繁盛していた。

西の端に陽がかたむきはじめると、どこからともなく職人体や人足ふうの男たちがぽつりぽつりと姿をあらわし、薄暗い路地の奥に吸い込まれてゆく。

そんな様子を、岡場所の一角の小さな煮売り屋の中で、猪口の酒をちびりちびりなめながら、縄のれん越しにぼんやり見ている男がいた。『稲葉屋』重蔵である。

三日前に、重蔵は闇で金貸しをしている男から耳よりな情報を得た。

男の話によると、近ごろ急に金遣いが荒くなった駕籠《かご》かきがいるという。日本橋伊勢町《いせちょう》の駕籠屋『駕籠久《かごきゅう》』の駕籠かきで、名は茂十《もじゅう》。その金の出所について、

茂十は博奕《ばくち》で大儲《もう》けしたと吹聴《ふいちょう》しているそうだが……、

「野郎は博奕にめっぽう弱い男でね。どうせ嘘《うそ》に決まってる。筋の悪い金をつかんだにちがいねえさ」

　金貸しはそういって苦笑した。

　その話を聞いた瞬間、重蔵の頭にピンとくるものがあった。

（女を誘拐《かどわか》すには、駕籠がいる）

　その駕籠をかついでいたのが茂十ではないか。重蔵はそう思ったのである。四十五年の人生の大半を、闇の世界で生きてきた男の、本能的な勘といっていい。

　さっそく茂十の身辺を探ってみた。

　金貸しのいうとおり、たしかに茂十は金遣いが荒かった。仕事もせずに昼間から盛り場の居酒屋に入りびたって酒を食らい、陽が落ちると、あちこちの岡場所に出かけては女を抱く。そんな自堕落な暮らしをつづけていた。

（どうやら間違いなさそうだ）

　確信を得た重蔵は、今日も茂十のあとを尾行して、芝切り通しの岡場所までやってきたのである。

　煮売り屋に入って、かれこれ小半刻がたっていた。茂十は路地の奥の淫売宿《いんばいやど》に姿を消したきり、まだ出てこない。卓の上には空《から》になった徳利が二本ならんでいる。

さすがの重蔵もじれてきた。こうなったらとことん飲んでやるかと、なかばやけになって三本目を頼もうとしたとき、愛宕下《あたごした》の時の鐘が六ツ（午後六時）を告げはじめた。

そのときである……。

岡場所の路地から、ふらりと男が姿をあらわした。

三十がらみの蓬髪《ほうはつ》・丸顔の男である。紺の半纏《はんてん》に同色のどんぶり腹掛け、水色の股引《ももひ》き姿。肩の肉が厚く、ずんぐりとした体型をしている。

駕籠かきの茂十だった。

卓の上に酒代をおくなり、重蔵はすかさず店を飛び出し、茂十のあとを追った。

桜川の河畔に出たところで、重蔵は小走りに茂十に追いすがり、

「おい、茂十」

と、呼びとめた。茂十が不審げに振りむいた。

「おめえにちょいと訊きてえことがあるんだが」

「あ、あんたは……？」

「こういう者だ」

重蔵がぴたりと躰を寄せた。いつのまに抜き放ったのか、茂十の脇腹《わきばら》に匕首《あいくち》の切っ先が突きつけられている。茂十はあんぐりと口を開けたまま凍りついた。

「おれの問いに素直に応えねえと、脇腹に風穴が開くぜ」

「な、何が訊きてえんだ？」

「誘拐一味の片棒をかついだのは、おめえだな」

茂十の顔に戦慄《せんりつ》が奔った。口ががくがく震えている。

「どうなんだ？」

「――そ、そのとおりだ」

「相棒は」

「し、伸吉《しんきち》って野郎だが……、もう江戸にはいねえ。臆病《おくびょう》風を吹かせて郷里《くに》に帰っちまった……」

「誘拐した女は、どこへ運んだ？」

「は、浜町河岸の……、小川橋の東詰で下ろした……。そのあとのことは、おれも知らねえ。……二人の浪人がどっかに連れていっちまった」

「その浪人の名は」

「し、知らねえ」

「おめえに仕事を頼んだのは、誰なんだ?」

「最初は、又三って男だったが……、四度目は寅八って野郎から頼まれた」

四度目とは、『和泉屋』の内儀・お篠を誘拐したときのことであろう。

「お、おれが知ってるのは、それだけだ。頼むから命だけは助けてくれ」

「あいにくだが、おめえを生かしておくと、こっちの命が危なくなるんでな」

「えッ」

と見返した茂十の顔が、そのまま硬直した。脇腹に深々と匕首が埋まっている。

切っ先は肝ノ臓をつらぬいて、背中に飛び出していた。

茂十の丸顔が間延びしたように弛緩《しかん》した。眼はうつろで、口の端から血の混じったよだれを垂らしている。

匕首を引きぬくと同時に、重蔵は数歩うしろに跳び下がった。

脇腹からドッと血が噴き出る。茂十の躰がぐらりと揺れて、前のめりにゆっくり倒れ込んでいった。

半刻後——。

重蔵は浜町堀に架かる小川橋の東詰を歩いていた。

誘拐一味は、このあたりで人質の女を駕籠から下ろし、どこかへ連れ去ったという。

見わたしたところ、浜町堀の東岸一帯は、ほとんど武家屋敷が占めていて、町家は一軒も見当たらなかった。一味の根城がこのあたりにあるとすれば、おそらく改易《かいえき》になった幕臣の明屋敷《あきやしき》か、無住の廃屋にちがいない。

重蔵はそう読んで、武家屋敷街の小路に足を踏み入れた。

小路の両側には、築地塀をめぐらせた重厚な門構えの屋敷や、冠木門《かぶきもん》に黒板塀の旗本屋敷、木戸門に垣根をめぐらせただけの下級武士の小屋敷などが立ち並んでいる。

複雑に入り組んだ小路を、重蔵は猫のように眼を光らせながら歩いた。

どの屋敷からも、ほのかな明かりが漏れている。

ときおり、華やいだ女の笑い声や、風雅な琴《こと》の音、朗々と詠《うた》い上げる詩吟《しぎん》の声などが、潮騒《しおさい》のように聴こえてくる。

重蔵の耳は、そうした何げない生活音も聞き逃さなかった。日常の物音や人の声で、それぞれの屋敷の暮らしぶりが読みとれるからである。
と……、
ふいに重蔵の足が、とある屋敷の門前で、ぴたりと止まった。
門扉の隙間から中の様子をうかがった。門の奥の闇には一穂《いっすい》の明かりもなく、
耳をすませても、物音ひとつ聴こえてこなかった。
よく見ると、門扉に打たれた鋲釘《びょうくぎ》は緑青《ろくしょう》を吹き出し、海鼠塀《なまこべい》の一部は崩落し
て、そこから灌木《かんぼく》の枝が張り出している。
この屋敷が長いあいだ使われていないことは、一目瞭然《りょうぜん》だった。
重蔵はひらりと背を返して、屋敷の裏手にまわった。敷地はおよそ三百坪。庭
の手入れがなされていないせいか、植木は伸び放題である。
トンと地を蹴《け》って、重蔵は跳躍した。猫のようにしなやかで敏捷《びんしょう》な身のこな
しだ。
高さ六尺（約一・八メートル）の海鼠塀を、かるがると跳び越えて、音もなく
塀の内側に着地した。すばやく植え込みの陰に身をひそめて、あたりの気配をう
かがう。

屋敷は漆黒の闇につつまれて、ひっそりと静まり返っている。

重蔵は背をかがめて、地を這《は》うように屋敷に向かって走った。土足のまま濡れ縁に上がり、用心深く障子を引き開ける。そこは十畳ほどの板敷きの部屋だった。

食い散らかした食器類、空の一升徳利や茶碗、脱ぎ捨てられた衣服などが、乱雑に散らかっている。明らかに人が住んでいる形跡である。

襖《ふすま》を開けて、中廊下に出た。廊下の奥にも部屋がある。

重蔵はその部屋の襖を引き開けて、中に入った。

八畳ほどの書院造りの部屋である。ここはきれいに片づいていた。部屋のすみに積まれた夜具以外に家具・調度類はなく、妙に殺風景なたたずまいである。

誘拐に関する手がかりを探すために、部屋の物色をはじめたとき、突然、がらり。

と玄関の戸が開く音がして、廊下に数人の足音がひびいた。

重蔵は反射的に身をひるがえして、部屋のすみの暗がりに身をひそめた。

じっと息を殺して、足音で人数を読んだ。三、四人はいる。板間に入ったようだ。

かすかに火打ち石を切る音がして、廊下にほのかな明かりが散った。そのときである。

「おい、これを見ろ！」

ふいに、だみ声がひびいた。

「足跡だ！」

「屋敷に入った者がいる。捜せ！」

声と同時に、重蔵ははじけるように立ち上がり、濡れ縁の障子を開け放って庭に飛び出した。

「いたぞ！」

「庭だ！　追え！」

足音が入り乱れ、だだっと黒影が飛び出してきた。

重蔵は植え込みの陰から陰へと、闇をひろいながら必死に逃げた。

「あっちだ！」

「逃がすな！」

声が追ってくる。

重蔵は土蔵の裏手で足をとめ、膝を屈伸させて跳躍した。伸ばした手が海鼠塀

の上にかかった瞬間、奥の闇だまりから黒影が矢のように駆けつけてきて、

「曲者！」

叫ぶなり、宙に舞った重蔵の下肢めがけて、抜きつけの一刀を放った。

刹那。

重蔵の右太股に焼きつくような激痛が奔り、血がほとばしった。

あやうく落ちそうになった躰を、両手で必死に支えて塀の上によじ登ると、影が送りつけてきた二の太刀を間一髪かわして、重蔵は塀の外側に飛び下りた。

「外に逃げたぞ！　表にまわれ！」

影が怒声を張り上げた。檜垣伝七郎である。

檜垣の下知《げぢ》を受けて、三人の浪人が表に走り出た。一人が小路の西側にまわり、二人が東側から重蔵を追った。はさみ打ちの態勢である。

だが、双方がその地点に達したときには、すでに重蔵の姿は消えていた。

「妙だな」

一人が小首をかしげた。この小路は一本道である。ほかに逃げ場はないはずだ。

「血だ……」

べつの一人が足もとを指さした。地面に血だまりがあった。血痕《けっこん》が点々と隣家の築地塀につづいている。重蔵が隣家に逃げ込んだのは、誰の眼にも明白だった。

三人の浪人は、いまいましげに築地塀を見上げた。たとえ盗っ人を追っている場合であろうと、無断で隣家の敷地に踏みこむことはできない。身分の高低・貴《き》賤《せん》にかかわらず、武家屋敷は余人の立ち入りが許されぬ治外法権なのである。

三人が屋敷にもどると、檜垣伝七郎が廊下にかがみ込んで、重蔵が残した足跡に険しい視線をそそいでいた。

「やつは隣家に逃げ込んだ」

一人が悔《くや》しそうにいった。頬に刀疵《かたなきず》のある浪人である。

「捕り逃がしたか……」

つぶやくようにいって、檜垣がゆっくり立ち上がり、

「ただの盗っ人ではなさそうだな」

「なぜ、わかる？」

もう一人がけげんそうに訊き返した。

「こんな荒れ屋敷にわざわざ盗みに入る馬鹿はおるまい」

「すると、いったい何者が？」

「さァな……」

檜垣が苦い顔でかぶりを振った。そのとき、玄関で物音がした。

四人が思わず刀の柄に手をかけて振りむくと、榊原辰馬がずかずかと足を踏み鳴らして入ってきた。廊下に突っ立っている四人を見て、

「どうした？　何かあったのか」

と、いぶかるように訊いた。

「わしらが飯を食いに行っている隙に、何者かが屋敷に侵入した」

応えたのは、刀疵の浪人である。

「なに」

辰馬が眼をむいた。

「賊は庭から忍びこみ、板間を通って奥の書院に入ったようだ」

檜垣が廊下の足跡を指さしながらいった。

「で、その曲者は？」

「残念ながら、捕り逃がした。書院に物色した形跡がある」

「盗まれたものは？」

「いや」

と檜垣が首を振りながら、

「盗みが目的ではないようだ」

辰馬の顔がゆがんだ。くるっと背を返して奥の書院に足をむけた。檜垣が手燭《てしょく》を持ってそのあとにつづく。書院の畳の上にも足跡が残されていた。床の間《とこのま》の違い棚の上の手文庫の蓋《ふた》が開けられたままになっている。険しい眼でそれを見ながら、

「どうやら、この屋敷も引き払わなければならぬときがきたようだな」

辰馬がうめくようにいった。

五

「──すんでのところで」

右太股の傷口に白木綿《しろもめん》の晒《さらし》を巻きながら、重蔵が苦笑した。

「右脚を切り落とされるところでしたよ」

前に唐十郎が座っている。神田多町の貸家の居間である。

檜垣伝七郎の斬撃《ざんげき》を間一髪かわして、隣家の旗本屋敷の庭に逃げ込んだ重蔵は、屋敷の裏門から路地にぬけ、傷ついた右脚を引きずりながら唐十郎の家に駆け込んだのである。

かなりの深傷《ふかで》だったが、唐十郎の迅速な手当てで血はすぐにとまった。

「血止めの薬を塗っておいたので、二日もすれば傷口がふさがるだろう」

「ありがとうございます。おかげで助かりやした」

重蔵が深々と頭を下げた。

「それにしても、駕籠かきとはうまいところに眼をつけたものだな。そこまでは、おれも気がまわらなかった」

「けど……」

重蔵が照れるように頭をかいた。

「そのあとがいけやせん。うっかり土足で踏み込んだのがまちがいでした」

盗みが目的の侵入なら、足跡を残そうが部屋の中を引っかきまわそうが、目当ての金品さえ盗んでしまえばそれで〝仕事〟は完遂する。

だが、探索目的の場合は、侵入の痕跡をいっさい残さずに逃走するのが、いわばプロの密偵としての常道だった。その意味で、重蔵は大失態を犯したことになり、本人もそれを深く悔いているのである。

「相手は何人だった？」

唐十郎が気を取り直して訊く。

「四人です」

「どんな連中だった？」

「四人とも浪人者です。一人は髭面《ひげづら》の浪人。一人は右頬に刀疵のある痩せ浪人でした」

さすがは重蔵である。右太股に深傷を負って窮地に立たされながらも、ぬかりなく二人の浪人の面体《めんてい》を見届けてきたのだ。

「右頬に刀疵……？」

『備前屋』の内儀・おまちを誘拐した浪人の一人も、右頬に刀疵があったという。四人の浪人が誘拐一味であることは、ほぼまちがいないだろう。

しかし、重蔵が命がけでつかんできたこの情報も、今となっては何の役にも立たなかった。そのことは、重蔵自身が一番よく知っている。

「やつらは、もうあの屋敷にはいねえでしょう」

そういって、重蔵は面目《めんぼく》なさそうに眼を伏せた。唐十郎も同じ思いである。探索の手の入った屋敷に、一味がいつまでも留《とど》まっている道理はない。重蔵がこの家にたどり着くまで、小半刻はかかっている。そのあいだに一味が屋敷を引き払ったであろうことは、火を見るより明らかだった。

「だがな、重蔵」

唐十郎が慰撫《いぶ》するようにいった。

「いままで姿の見えなかった一味の正体が、これでようやく見えたのだ。それだけでもおまえがつかんできた情報は十分価値がある」

「そういっていただければ、あっしも気が楽になりやす」

重蔵は、ほろ苦く笑った。そのとき、玄関で、

「ごめんなすって」

と声がして、廊下に足音がひびき、丈吉とお仙が入ってきた。

「おう、丈吉か」

「近くまできたんで、立ち寄らせていただきやした」

「紹介しよう。この二人はおれの手先をつとめている丈吉とお仙だ」

「お初にお目にかかりやす。丈吉と申しやす」

「あっしは『大黒屋』の下座見《げざみ》をつとめてる重蔵って者《もん》で」

「重蔵さんのことは、旦那から聞いてましたよ。よろしくお見知りおきのほどを」

お仙がしおらしく両手をついて頭を下げた。

「重蔵は、馬喰町三丁目で付木屋《つけぎや》を商《あきな》っている。連絡《つなぎ》をとるときは、その店を訪ねてくれ」

「へい」

うなずいた丈吉の眼が、重蔵の右太股に巻かれた晒に吸いついた。

「その怪我は……、どうなすったんで？」

「誘拐一味に斬られたのだ」

「えっ」と瞠目《どうもく》する丈吉に、唐十郎がことの顚末《てんまつ》をかいつまんで説明すると、重蔵は丈吉とお仙に照れるような笑みをむけ、

「とんだどじを踏んじまったってわけさ」

といいつつ、傷ついた右脚をかばうように立ち上がった。

「じゃ、あっしはこのへんで」

「帰るのか」

「へい。店を開けっぱなしにしてきたもんで」

重蔵が廊下に出たときである。突然、表が騒がしくなった。あわただしい物音とともに声高な怒号や悲鳴がひびいてくる。

「何の騒ぎだ！」

四人は表に出た。路地のあちこちから人が飛び出してくる。

「火事だ、火事だ！」

南の空が真っ赤に染まっている。刺子半纏《さしこばんてん》の火消し人足が一目散に突っ走ってゆく。それを追って人々が走る。犬も走る。

唐十郎が番太郎ふうの男をつかまえて訊いた。

「火元はどこだ？」

「浜町河岸のほうだそうで」

「浜町河岸？」

「旦那、ひょっとしたら一味があの屋敷に火をかけたんじゃ……」

紅蓮《ぐれん》の炎に眼をやりながら、重蔵が小声でいった。

「うむ」

同じ疑念を、唐十郎もいだいていた。炎が噴きあがっているのは、たしかに浜町河岸の方角である。一味が根城として使っていた痕跡を消すために、屋敷に火を放ったということは十分に考えられる。

風向きが変わり、神田方面に向かって打ち寄せていた巨大な炎の幕は、やや東寄りにかたむき、両国方面にその舌先を延ばしはじめた。現金なもので、それを見たとたん、人々の怒号やわめき声も潮が引くように鎮まっていった。

「よかった、よかった」

と胸をなで下ろして、引き返す親子連れもいる。

江戸は三年に一度大火が起こるといわれるほどの、火災多発都市である。八代将軍・吉宗は、享保三年（一七一八）に町火消し四十八組を創設して防火体制を整備したが、その後も江戸の火災は絶えることがなかった。

〈火事と喧嘩《けんか》は江戸の華〉

とは、江戸っ子の開き直りというより、諧謔《かいぎゃく》的な諦念《ていねん》であろう。

その夜、浜町河岸から出火した火事は、浜町堀の東側一帯を焼きつくし、両国米沢町の一角に延焼したのち、翌日未明にようやく鎮火した。

この火災で焼失した大名屋敷は七十二軒、旗本屋敷三百四十九軒、そのほか村《むら》松町《まつちょう》、橘町《たちばなちょう》、横山同朋町《よこやまどうぼうちょう》、米沢町など、広範囲にわたって町家が全焼したため、鎮火後の検分でも火元は特定されなかったという。

第六章　淫獣斬り

一

築地の内海寄りに、「鉄砲洲《てっぽうず》」と俚称《りしょう》される地域がある。

名称の由来は、寛永のころ、大筒《おおづつ》（大砲）の町見《ちょうけん》（計測）試射をしたところとも、その地形が鉄砲に似ているがゆえだともいわれているが、真偽は定かでない。

鉄砲洲の海沿いには、本湊《ほんみなと》町、船松《ふなまつ》町一、二丁目、十軒《じっけん》町、明石《あかし》町などの町屋が、南北およそ八丁にわたってつらなっている。

東に見える島は、佃島《つくだじま》である。

本湊町は、その町名が示すとおり、諸国からの廻船《かいせん》が集まる港町として栄えていた。

町の北方に、鉄砲洲稲荷《いなり》とよばれる湊《みなと》稲荷社が鎮座している。この稲荷は古くから海運業者の信仰を集め、別名「波除稲荷《なみよけ》」ともよばれていた。

稲荷社の南の雑木林の中に、建仁寺垣《けんにんじがき》をめぐらせた古い一軒家があった。以前、本湊町の廻船問屋が寮として使っていた数寄屋《すきや》造りの大きな平家である。

陽が西にかたむきはじめた七ツ（午後四時）ごろ、人目をはばかるように、その家の網代門《あじろもん》を足早にくぐってゆく深編笠の武士の姿があった。

玄関を入ると、広い土間があり、その奥に八畳ほどの板間があった。

板間の中央には大きな囲炉裏《いろり》が切ってある。そのまわりで四人の浪人が干魚《ひうお》を焼きながら、焙《あぶ》り酒を飲んでいた。部屋の中には霞《かすみ》がかかったように煙が充満している。

「おう、辰馬どのか」

振り返ったのは、檜垣伝七郎だった。

武士が深編笠をはずして板間に上がり込んだ。榊原辰馬である。

「おぬしも一杯やらんか」

檜垣が茶碗《ちゃわん》を差し出した。そのかたわらにどかりと腰を下ろし、茶碗につがれた酒をぐびりと喉《のど》に流しこみながら、

「この家の住み心地はどうだ？」

辰馬が訊《き》いた。

「悪くない」

檜垣がにやりと嗤《わら》って応えた。

「海が近いので、魚がうまいのが何よりだ」

檜垣たちが、鉄砲洲のこの家に居を移したのは、三日前だった。探索の手から逃れるために、浜町河岸の屋敷に火を放って逃走した翌日、檜垣がこの貸家を見つけてきて、その日のうちに家移《やうつ》りしたのである。

「おぬしたちには、いろいろと手間をかけた。これは今月の手当てだ」

辰馬がふところから金子《きんす》を取り出して、板敷きにおいた。小判二十枚である。

「すまんな」

礼をいって、檜垣が三人の浪人に金をくばる。一人頭五両の勘定である。

主家を失い、職にあぶれ、野良犬のような暮らしをしていた檜垣たちにとって、月々五両の手当ては望外の収入といえた。しかも、日々の食料やこの家の家賃も辰馬が払ってくれるのだから、いたれりつくせりの処遇である。

「浪人風情《ふぜい》に身を落としたとはいえ、わしらも武士のはしくれだ。何があっても辰馬どのへの忠節を忘れてはなるまい」

頬《ほお》に刀疵《きず》のある浪人が追従笑いを浮かべていった。世辞というより、半分は本音であろう。辰馬についていけば決して食いっぱぐれることはない、という思いがその言葉にはこめられていた。

「ま、これからもせいぜい忠勤に励むことだな」

檜垣が同調するようにいう。三人の浪人は無言でうなずいた。

「ところで」

ことりと茶碗をおいて、辰馬が四人の顔を見まわした。

「さっそく次の仕事にかかってもらいたいのだが……」

「仕事というと……、誘拐《かどわかし》か？」

「といっても、今回は金が目当てではない。おれの個人的な頼みだ。むろん、月の手当てとは別に手間賃を払わせてもらう」

辰馬は、ふところからさらに八両の金子を取り出して、四人の前においた。

「一人二両で引き受けてもらえぬか」

「それはかまわんが……、相手は誰なのだ？」

檜垣がけげんな顔で訊き返す。

「旗本千二百石杉本八郎左衛門の長女・菊江」

「なるほど、旗本の娘か」

檜垣の顔に、意をふくんだ狷介《けんかい》な笑みがにじみ立った。辰馬の胸中にあるどす黒い情念を、瞬時に読みとったのである。

日が暮れて、薄い夕闇《ゆうやみ》がただよいはじめた京橋南伝馬町《みなみてんまちょう》通りを、何やらせわしげに歩いてゆく武家娘がいた。杉本菊江である。

津久井新之助との婚礼を来月にひかえて、この日、菊江は午《ひる》すぎから婚礼衣装や婚礼家具を注文するために、あちこちの商家を歩きまわっていた。

そして最後に向かったのが、京橋常磐《ときわ》町の指物師《さしものし》の家だった。桐箪笥《きりだんす》の注文をするためである。

すでに灯《ひ》ともしごろになっていた。

路地の家並みに点々と明かりが灯《とも》っている。

二筋目の路地を曲がったとき、突然、菊江の前に四つの黒影が立ちふさがった。

「あっ」

と立ちすくんだ瞬間、影の一つがいきなり菊江の鳩尾《みぞおち》に当て身を食らわせた。

声も叫びもなく、菊江はその場にくずれ落ちた。

四つの影は、檜垣伝七郎と配下の三人の浪人だった。

刀疵の浪人が、倒れた菊江に大きな風呂敷をかぶせ、まるで荷造りをするような手ぎわで、すばやく包み込んだ。それを軽々とかつぎ上げて、四人の浪人はつむじ風のように走り去った。

四半刻（三十分）後……。

気がつくと、菊江は薄暗い畳部屋に横たわっていた。

鉄砲洲本湊町の寮の八畳の部屋である。部屋の片すみの燭台《しよくだい》がほの暗い明かりを散らしている。菊江はけげんそうに部屋の中を見まわした。

常磐町の路地角で、四人の浪人に出くわしたところまでは覚えているが、そのあとのことはまったく記憶にない。自分の身に何が起きたのか、皆目わけがわからなかった。

思わず起き上がろうとして、菊江は前にのめった。

両手と両足首が麻縄《あさなわ》でしばられ、躰《からだ》の自由がきかない。このときはじめて、自分の身に異常な事態が起きたことに気づいた。必死に身もがきながら起き上がろうとすると……、がらり。

襖《ふすま》が開いて、黒影が立った。菊江の顔が硬直した。

「辰馬さま！」

燭台のほの暗い明かりの中に、辰馬が仁王立ちして冷然と見下ろしている。

「こ、これはいったい、どういうことなのですか！」

「菊江どの」

辰馬がゆっくり歩み寄る。その手に麻縄の束がにぎられている。

「そなたは、おれのものだ。誰にも渡しはせん」

「な、何をおっしゃるのですか！　……わたくしは誰のものでもありません。お願いです。いましめを解いてください！」

「ふふふ……」

冷笑を浮かべて菊江のかたわらに片膝《ひざ》をつくと、

「望みどおり解いてやろう」

菊江の足首のいましめを解いた。

「さ、立ちなさい」

「…………」

菊江が恐る恐る立ち上がる。辰馬はすかさず背後にまわり込み、しばられた両手の間に麻縄を通して、固くむすびつけた。

「な、何をなさるおつもりですか！」

「こうするつもりだ」

いいざま、辰馬は麻縄の束を天井に投げ上げた。天井の梁《はり》を越えて、ばさっと畳の上に落ちてきた。それを拾い上げて縄の尖端《せんたん》をグイグイ引き上げる。菊江の両手が高々と上がってゆく。麻縄がピンと張りつめ、菊江の躰は天井の梁に吊るされる恰好になった。かろうじて爪先が畳についている。

辰馬は縄尻を柱にむすびつけて、菊江の正面に立った。

「お願いです。……帰してください……」

いまにも泣きだしそうな顔で、菊江が哀願する。その白いあごに手をあてがって、辰馬はまじまじと菊江の顔を見た。切れ長な眼、黒い大きな眸《ひとみ》、花びらのように紅い唇。さながら錦絵からぬけ出したように美しい顔である。

「そなたは、美しい。……誰にも渡したくない……」

辰馬が低くつぶやいた。その眼の奥には暗い光が宿っている。狂気ともいうべき光である。菊江は思わず顔をそむけた。

辰馬がおもむろにふところから短刀をぬいた。菊江の顔に戦慄《せんりつ》が奔《はし》った。

「ら、乱暴はおやめください！」

「……………」

辰馬は無言。仮面のように表情のない顔で、菊江の帯を切り落とした。

はらりと着物の前が開く。さらに短刀の切っ先を着物の右袖口に差し込み、肩口にむけて切り裂いてゆく。着物の右半分が肩からすべり落ちる。

ついで左袖口を切り裂いてゆく。

ばさっと着物がすべり落ちた。その下は純白の綸子《りんず》の長襦袢《ながじゆばん》である。

「辰馬さま……。お願いです。おやめください」

菊江の声は、ほとんど泣き声になっている。

「そなたの躰が見たい」

低くつぶやきながら、辰馬は短刀の切っ先を長襦袢の胸もとに差し込んだ。肌を傷つけぬように注意深く刃先をすべらせる。白綸子に裂け目が走る。そこに指を入れて、びりびりと引き裂く。

大きく引き裂かれた胸元から、右の乳房がたわわにこぼれ出る。つぼみのような淡紅色の乳首がかすかに震えている。

左の胸元も引き裂く。二つのふくらみが、惜しげもなく、辰馬の眼にさらされた。

「きれいだ。……きれいな乳房だ……」

辰馬が陶然とつぶやく。恥辱《ちじょく》に堪えられず、菊江は固く眼を閉ざした。

辰馬は両手で乳房をもみしだきながら、片方の乳首を口にふくんで吸った。

「あ、いや……」

菊江が躰をくねらせる。チュルチュルと音を立てながら、辰馬は赤子のように乳首をしゃぶる。菊江の胸乳《むなぢ》にねっとりと唾液《だえき》がしたたり落ちた。

ひとしきり乳房を玩弄《がんろう》したあと、辰馬は菊江の前にかがみ込んで、長襦袢の裾《すそ》をたくし上げ、二布《ふたの》(腰巻)もろとも短刀で切り裂きはじめた。

しなやかな菊江の脚が膝上までむき出しになる。まぶしいほど白く、つややかな脚である。白綸子の長襦袢はずたずたに切り裂かれ、ほとんど半裸の状態になった。わずかに残った二布が腰のまわりにまとわりついているだけである。

「ふっふふ、菊江どの、自分がどんな姿になったか、眼を開けてとくと見るがよい」

嗜虐的《しぎゃくてき》な笑みを浮かべて、辰馬がいった。

菊江は固く眼をとじたまま、貝のように口を引きむすんでいる。

「もっと恥ずかしい姿にしてやろう」

そういうと、辰馬は菊江の左脚の膝頭に麻縄を巻きつけ、一方を天井の梁に通して、縄尻をゆっくり引き下ろした。菊江の左脚が徐々に吊り上げられてゆく。

左脚を高々と上げて、片足立ちの恰好になった。まるで凍鶴《いてづる》のような姿である。

辰馬は菊江の躰にまとわりついている長襦袢の切れ端を、一枚一枚剝《は》ぎ落としていった。

「あっ」

菊江の口から小さな叫びが漏れた。最後の二布が引き剝がされたのである。

文字どおり、一糸まとわぬ全裸である。

白磁のように白くつややかな菊江の裸身は、犯しがたいほど清冽《せいれつ》で美しい輝きを放っている。奇妙な感情の転化だが、辰馬はその美しさに烈しい憎悪を覚えた。

グイと麻縄を引いた。菊江の左脚がさらに高く吊り上げられ、股間《こかん》があらわにさらけ出された。黒々と茂る秘毛の奥に薄桃色の切れ込みがのぞいている。

「ふふ、菊江どの、女陰《ほと》が丸見えだぞ」

「い、いや……。見ないで……」

蚊《か》の泣くような声で、菊江が首を振る。親にも見せたことのない恥ずかしい部分が、辰馬の眼の前にさらされている。菊江にとっては耐えがたい恥辱だった。

「そなたの美しさが……、おれは憎い……」

辰馬の眼に異様な光がよぎった。常人の眼つきではない。明らかに気が狂《ふ》れている。

短刀で麻縄を二尺ばかり切る取ると、辰馬は縄の一端をにぎって腕を振りかざし、鞭《むち》のようにそれを菊江の裸身に叩《たた》きつけた。

「あ、痛い！」

菊江がのけぞる。辰馬は容赦なく縄を叩きつけた。ビシッビシッと音を立てて、麻縄が柔肌を責めたてる。菊江の白い裸身に、たちまち数条の赤い筋が奔った。

「あっ、ああ……！」

苦痛に顔をゆがめながら、菊江は身をよじった。両手と片脚を吊るされているので、躰を支えているのは右脚だけである。躰が大きくゆれて半回転した。背中や尻にも、麻縄の鞭が容赦なく飛ぶ。

「や、やめてください！　……、あ、痛ッ！」

もだえ苦しむ菊江の顔が、辰馬の眼にはさらに美しく映った。

「苦しめ……、もっと苦しめ」

二

天井の梁に吊るされていた両手の縄がほどかれ、菊江の躰は糸の切れた傀儡《くぐつ》人形のように、ぐったりと畳の上に倒れ込んだ。だが、両手首はうしろ手にしばられたままである。

いつか辰馬も全裸になっていた。その手に百目蠟燭《ひゃくめろうそく》がにぎられている。

たらり。……一滴。

溶けた蠟のしずくが、菊江の白い背中にしたたり落ちた。

「あ、熱い！」

小さく叫びながら、菊江が芋虫《いもむし》のように躰をくねらせる。辰馬はあいかわらず仮面のように表情のない顔で、百目蠟燭を菊江の躰の上にかざしている。

二滴目の蠟が、菊江の尻にしたたり落ちた。太股《もともも》がびくっと痙攣《けいれん》する。

「お願い……。もう許してください……」

菊江の口から、かすかな嗚咽《おえつ》が漏れた。

「そなたは、もはや旗本の娘ではない。淫《みだ》らに裸身をさらしたただの女だ。旗本の気位を捨てて、おれの奴婢《ぬひ》になるといえば許してやる」

「………」

「さ、いえ!」

わめきながら、菊江の躰を仰向けにして、三滴目の蠟を乳房に垂らした。溶けた蠟が、乳房の上に花びらのような模様を描き出した。

菊江は歯を食いしばって、必死に耐えている。

「そうか。どうしてもいえぬというなら仕方あるまい」

百目蠟燭を燭台の上におくと、辰馬は菊江のかたわらに座り込み、左足首をつかんで高々と持ちあげた。秘所がむき出しになる。薄桃色の切れ込みは、辰馬の侵入をこばむように固く閉ざされている。

怒張した一物を指で二、三度しごいて尖端に唾液を塗り、ねじ込むようにそれを菊江の秘孔に挿入した。一気に根元まで没入させる。

「うっ」

菊江が苦悶《くもん》の表情でのけぞる。辰馬は持ち上げた菊江の左脚を肩にかけ、おおいかぶさるようにして激しく腰をふった。

「さ、いえ！　……おれの奴婢になるといえ！」

怒声を張り上げながら、辰馬が責め立てる。ほとんど暴力といっていい、荒々しい性交である。と、ふいに……、辰馬の腰の動きが止まった。

「ん？　……」

菊江の躰がぴくりとも動かない。

「菊江どの……？」

下腹を接合させたまま、首を伸ばして菊江の顔をのぞき込んだ。その瞬間、

「わあッ」

と叫んで、はじけるように躰を離した。一物がつるりと抜ける。

菊江の口元から、糸を引くように赤い血が一筋、あごにかけてしたたり落ちている。切れ長な眼がぽっかり開いたまま、うつろに虚空を見つめている。脈はすでに止まっていた。

舌を嚙《か》んで自害したのである。

「菊江どのッ！」

弛緩《しかん》した菊江の裸身をかき抱いて、辰馬は我もなく号泣した。

その声を聞きつけて、檜垣伝七郎が飛び込んできた。

「！」

思わず息を飲んで立ちすくんだ。

全裸の辰馬が、菊江の裸身を抱きすくめて、あたりはばからず男泣きに泣いている。その周囲には、嗜虐性愛の痕跡《こんせき》を生々しく示す、切り裂かれた衣類や麻縄が散乱している。

檜垣の眼にも、それは異常な光景に映った。

「──辰馬どの」

辰馬がゆっくり振り返った。滂沱《ぼうだ》の涙で顔がぐしょぐしょに濡《ぬ》れている。

「どうしたのだ？」

「死んだ。……菊江どのが……、死んだ」

呪文《じゅもん》を唱《とな》えるように口の中で低くつぶやきながら、菊江の乳房を愛撫《あいぶ》している。

「………」

檜垣は肌が粟立《あわだ》つような戦慄を覚えた。菊江の死に対してではなく、死んだ女の裸身になおも執着している辰馬の異常さにである。

馬喰町三丁目の付木屋《つけぎ》『稲葉屋』に、千坂唐十郎がふらりと姿をあらわしたのは、浜町河岸の火災から五日たった昼下がりだった。

「あ、千坂の旦那……」

板敷きで付木に硫黄《いおう》を塗っていた重蔵が振りむいた。

「怪我の具合はどうだ？」

「おかげさまで、だいぶ痛みは引きやした」

「歩けるのか」

「駆け足は無理ですがね。ふつうに歩くぐらいなら……」

「そうか。誘拐一味の根城の跡を見に行きたいのだが、案内してもらえぬか」

「かしこまりやした」

重蔵は、作業台の上を手早く片づけると、肩に半纏《はんてん》を引っかけて、

「行きやしょう」

と唐十郎をうながして店を出た。

馬喰町三丁目の路地をぬけて、横山町の大通りに出た。

通りに焦げ臭《こ》いにおいがただよっている。四辺を見まわすと、半焼した家や板壁を焦がした家などが眼につく。この界隈《かいわい》にも火が飛んできたのであろう。

緑橋の東詰を左に曲がったところで、唐十郎は思わず足をとめた。

見わたすかぎり焼け野原である。あちこちから白煙が立ちのぼり、真っ黒に焼け焦げた柱が墓標のように林立している。いまだに燻《くすぶ》りつづける焼け跡で、火消し人足や鳶《とび》の者、罹災《りさい》した家の者たちが黙々と瓦礫《がれき》を片づけていた。

「思ったより、ひどい被害だな」

「あの晩は風がありやしたからねえ。いま思うとぞっとしやすよ。風向きが変わっていたら、あっしらも焼け出されてたところですからねえ」

うなずきながら、唐十郎はあらためて周囲を見わたした。

浜町堀を境《さかい》にして、東側一帯はきれいに焼きつくされている。ところが西側の町屋はまったくといっていいほど、火災の被害を受けていなかった。出火後の風向きが、東西の明暗をくっきり分けたのである。

二人は浜町堀にそって、南に足をむけた。

「たしか、このあたりだったと……」

小川橋の手前で、重蔵が歩度をゆるめた。

この一帯も焦土と化していた。焼け崩れた築地塀《つきじべい》や、家の土壁らしき残骸《ざんがい》だけが、かろうじて武家屋敷街の面影をとどめている。

瓦礫の山と山のあいだに残る路地の痕跡をたどりながら、四半刻ほど焼け野原を歩きまわったあと、重蔵がふと足をとめて、

「あれです」

と前方の焼け跡を指さした。屋敷は跡形《あとかた》もなく燃えつきていたが、わずかに海鼠塀《なまこ》の一部が焼け残っていた。

「間違いないか」

「へえ。敷地の北側に土蔵が建っておりやした。行ってみやしょう」

瓦礫の山を踏み越えて、屋敷跡に近寄って見ると、塀囲いの跡が残っていた。

敷地はおよそ三百坪。重蔵のいうとおり、たしかに敷地の北隅に土蔵の跡があった。

唐十郎は、近くで瓦礫の片づけをしている武家屋敷の小者らしき男に声をかけた。

「少々尋ねたいことがあるが」

「はい」

男が作業の手をとめて、振り返った。

「あの屋敷跡は、誰の屋敷だったのだ？」

「あれは、ご普請《ぶしん》奉行・榊原主計頭《かずえのかみ》さまのご別墅《べっしょ》です」

「榊原主計頭？」

「この二、三年は使われていなかったと聞きましたが」

「そうか……。忙しいところ邪魔したな」

男に礼をいって、唐十郎は背を返し、眼顔で重蔵をうながした。

二人は、ふたたび浜町堀の掘割通りに出た。

「まさか、榊原さまが一味の黒幕ってわけじゃねえでしょうね」

歩きながら、重蔵がいった。

「ひょっとすると、家中の者かもしれんぞ」

「榊原さまのご家来衆ってことですか？」

「うむ。一味に誘拐された『備前屋』の内儀は、浪人のほかに身なりのきちっとした侍が二人いたといっていた。その二人が浪人どもの首領であることはまちがいない」

「いっぺん、探りを入れてみやしょうか」

「足は大丈夫なのか」

「ご心配にはおよびやせん。二度とへまはやりやせんよ」

そういって、重蔵は自信ありげに笑ってみせた。

馬喰町一丁目の四辻で唐十郎と別れると、重蔵はいったん店にもどり、陽が落ちるのを待って、ふたたび外出した。

向かった先は、神田小川町の榊原家の屋敷である。

重蔵は、門前の大楠《くすのき》の樹幹の陰に身をひそめて、屋敷の様子をうかがった。

武家屋敷の門限は、戌《いぬ》の刻（午後八時）である。門の大扉は開け放たれているが、出入りする人影もなく、邸内はひっそりと夕闇につつまれている。

待つこと四半刻（三十分）……。

門の奥の闇が動いた。眼をこらして見ていると、人目をはばかるように小柄な男が足早に出てきた。紺看板《こんかんばん》に梵天帯《ぼんてんおび》、着物の裾を尻っぱしょりにした中間《ちゆうげん》体の男である。

重蔵はさりげなく男のあとを尾行しはじめた。

武家屋敷街の小路をぬけて、雉橋通りに出た。通りの右側にちらほらと明かりがゆらいでいる。屋敷奉公の男たちを相手に、飲み食いを商う小店《こみせ》の明かりである。

男は小さな煮売り屋《にうりや》に入っていった。

やや間をおいて、重蔵も何くわぬ顔でその店に入った。店内には五、六人の客がいた。いずれも武家奉公の小者や中間らしき男たちである。重蔵は男のとなりの卓に腰をおろして、酒と小芋《こいも》の煮つけを注文した。

男は手酌で黙々と飲んでいる。歳のころは四十一、二。へちまのように間延びした顔をしている。よほどの酒好きなのだろう。鼻の頭が酒焼けで赤く光っている。

ころあいを見計らって、重蔵が声をかけた。

「よかったら、一杯どうだい？」

「え」

と男がけげんそうに顔をむけた。

「あっしは付木を商《あきな》ってる重蔵ってもんだが、今日はちょいと大きな商いがまとまったもんでね。ひどく気分がいいんだよ。さァ、遠慮なくやってくんな」

「そうですかい。じゃ、お言葉に甘えて」

男は卑屈に笑って、重蔵の酌を受けながら、

「手前は御普請奉行の榊原さまのお屋敷につとめる中間の直助《なおすけ》ってもんです」

「つとめは長いのかい？」

「いえ、二年と少々で」

歳のわりに二年の奉公期間は短すぎる。重蔵がいぶかる眼で見返すと、直助と名乗った男は、ばつの悪そうな笑みを浮かべて頭をかいた。

「手前は渡り中間でしてね」

「ああ」

それで合点がいった。

中間の仕事は、主人の供や乗り物かつぎ、奥向きの使い走りといった雑用が主で、大半の武家屋敷では、経費節減のために町の口入れ屋から斡旋《あっせん》された半年抱えの渡り中間を雇っていた。直助もその一人である。

「榊原さまのお屋敷には、家来衆は何人ぐらい、いるんだい？」

「お侍は三人です。そのほかに甲冑《かっちゅう》持ちの若党が一人、槍《やり》持ちの足軽《あしがる》二人、馬の口取りと草履《ぞうり》持ちの小者がそれぞれ一人ずつ。女中が四人、下男二人、中間は手前をふくめて五人おります」

旗本は戦時に備えて、つねに家禄に応じた人員を抱えておかなければならなかった。これを「軍役《ぐんやく》」という。直助が挙げた人数は、千五百石高の旗本に課せられた一般的な「軍役」の数である。

「三人の侍ってのは、歳は若いのかい？」

「いえ、一人は五十四、五で、二人は四十年配です」

その三人は、いずれも代々榊原家に仕えてきた股肱《ここう》の臣で、主君・主計頭の信頼もきわめて厚いという。直助の話から察すると、その三人が誘拐一味と関わりがあるとは、とうてい思えなかった。

「手前もあちこちのお屋敷を渡り歩いてきましたが、榊原さまのお屋敷は、ご家来衆も奉公人も気さくな方々ばかりでしてね。居心地がいいと申しますか、手前にとっては大変働きやすいお屋敷ですよ」

酒がまわったせいか、直助は上機嫌で、訊きもしないことを饒舌《じょうぜつ》に語りはじめた。

直助の話によると、榊原家には三人の息子がいるという。長男の求馬は跡取りとして父親の仕事を補佐し、次男の数馬は他家に養子に行って、三男の辰馬だけが気ままな「部屋住み」暮らしをしているそうである。

「その辰馬ってのは、どんな男なんだい？」

「口数の少ない変わり者でしてね。二十五歳になったいまも嫁の来手《きて》がなく、同じ年ごろの旗本のご子息たちと、毎晩のように遊びほうけているとか……」

「ほう」

重蔵がきらりと眼を光らせて、

「今夜はどうだろう？」

「どう、といいますと？」

「出かける様子はないかい？」

「さァ、それはどうですかねえ。この三日ばかり、自分の部屋に閉じこもったきり、一歩もお屋敷の外には出ておりませんので」

「ふーん」

と気のなさそうな顔でうなずきながら、重蔵は、

（そいつの動きをしばらく見張ってみるか）

腹の中でそう考えていた。

三

同じころ……。

榊原家に一人の武士が訪ねてきた。

応対に出た用人に、辰馬への取り次ぎを申し出たその来訪者は、徒目付《かちめつけ》の真崎三十郎であった。すぐに真崎は、辰馬の部屋に通された。

「こんな時分に何の用だ？」

辰馬が、赤く濁った眼で、真崎を見た。一人で酒を飲んでいたのだろう。かたわらに銚子《ちようし》と盃《さかずき》がころがっている。

「杉本家の長女が行方知れずになったそうだ」

「菊江どのが？」

ぴくりとも表情を動かさず、辰馬が訊き返した。

「おぬし、知らなかったのか？」

「はじめて聞いた。しかし、なぜそれを、おれに……？」

「辰馬、正直にいえ」

「あ？」

「あの娘はおぬしの想い女《おもびと》だったんだろう」

「ば、馬鹿な！　……おれと菊江どのは、ただの幼なじみだ。それ以上の関わりは何もない！」

「今朝方、大番頭の津久井さまと菊江どのの父親・杉本八郎左衛門さまから、大目付の曲淵飛騨守《まがぶちひだのかみ》さまに探索願いが上疏《じょうそ》された。それを受けて、わしら徒目付にも探索の命が下ったのだ」

さすがに辰馬の顔が引きつった。菊江の失踪《しっそう》がこれほど大事《おおごと》になろうとは夢にも思っていなかったのである。

「菊江どのは旗本千二百石の娘だからな。しかも、来月、大番頭・津久井淡路守さまの息子のもとに嫁ぐことになっていた。知ってのとおり、津久井さまは幕閣の重臣だ。騒ぎが大きくなるのは当然であろう」

「…………」

辰馬の視線が激しく泳いでいる。

「辰馬」

真崎がきびしい顔でにじり寄った。

「まさか、おぬしが菊江どのを……」

「冗談はやめてくれ！」

「…………」

「おれは知らぬ。何も知らぬ！　……この数カ月、菊江どのには会ったこともない！」

辰馬の剣幕に、真崎は一瞬沈黙したが、つとめて冷静をよそおいながら、

「わしが知ってるかぎりの事実を話そう」

淡々と語りかけた。

「菊江どのが京橋常磐町の指物師の家に向かったところまでは、これまでの調べでわかっている。そこで菊江どのの足取りはぷっつり途絶えた。わしの同役がその近くで聞き込みをしたところ、不審な浪人者を見たという証言を得たそうだ」

「だ、だから、どうしたというのだ！」

嚙みつくように辰馬が叫ぶ。

「大きな声を出すな」

と、たしなめて、

「わしはおぬしの悪事に手を貸してきた。その見返りに過分の分け前ももらっ

た。いわば……、おぬしとわしは、同じ穴のむじなだ」

真崎の角ばった顔に自嘲《じちょう》の笑みがにじんだ。

「それゆえ、わしにはおぬしを責める資格はないし、責めるつもりも毛頭ない。ただ、一つだけ忠告しておきたいことがある」

辰馬の双眸《そうぼう》は、闇夜の淵のように暗く沈んでいる。

「あの浪人どもとは、きっぱり手を切ることだ」

「…………」

「でなければ、いつかわしがおぬしを捕縛しなければならぬときがくる」

「真崎さん……！」

「徒目付という役目柄な」

「おれを……、このおれを……、捕縛すると……？」

辰馬がうめくようにいった。

「もっとも、そのときは、わしも責め腹を切るつもりだが」

「…………」

「用件はそれだけだ。夜分、邪魔したな」

真崎がゆっくり立ち上がって、部屋を出ていった。

見送る辰馬の胸裡《きようり》に、いいしれぬ不安と恐怖がわき立った。真崎の話は、あながち脅《おど》しではない。菊江の失踪が思わぬ波紋をよび起こし、今度こそ本当に幕府の探索方が動きはじめたのである。

——当分、鉄砲洲の家には行かぬほうがいいだろう。

腹の中で、辰馬はそう自分にいい聞かせていた。

四月も半ばをすぎると、陽差しはいよいよ夏の耀《かがや》きを増し、木々の緑も濃くなってゆく。

街には、気の早い蚊帳《かや》売りが姿をあらわし、

「もーえーぎィのォー　かァーやー」

と独特の節回しで、萌黄《もえぎ》の蚊帳を売り歩いている。その姿をのれん越しに見ながら、

「もう、すっかり夏ですねえ」

お仙がぽつりとつぶやいた。神田多町のそば屋『利久庵《りきゆうあん》』の店内である。お仙の前で、千坂唐十郎が黙々と蒸籠《せいろ》そばをすすっている。

この日の午すこし前、お仙がひょっこり唐十郎の家をたずねてきて、そばでも

食べないかと唐十郎をさそったのである。

『利久庵』は、唐十郎の家からほど近いところにあった。神田でも一、二を争うほどうまいそば屋だそうだが、お仙に紹介されるまで、唐十郎はその店を知らなかった。

たしかにうまいそばだった。唐十郎は二枚目の蒸籠そばを食べている。

「で……」

お仙がのぞき込むように唐十郎の顔を見て、

「その後、重蔵さんのほうはどうなったんですか」

さりげなく訊いた。重蔵が榊原家の屋敷に張り込んでいることは、お仙も知っている。その後の経過が気になったのだ。

「いまのところ動きは何もない」

「そう」

「丈吉はどうしている？」

「あの火事以来、柳橋の客がめっきり減ってしまって。……来ない客を待ってても仕方がないから、本所や深川を流してみるって」

「そうか」

「兄さんに、何か？」

「いや、別に……」

と唐十郎は首をふったが、本音をいえば、足を怪我している重蔵に代わって、丈吉に榊原家の屋敷の張り込みを頼みたかったのである。

「ねえ、旦那《だんな》」

そばを食べおえたお仙が、湯呑みの茶をすすりながら、

「あたしにも何か手伝うことはない？」

「あればとっくに頼んでるさ」

「つまり、無いってこと？」

「重蔵が何か手がかりをつかんでくるまでは、動きようがないのだ」

「重蔵さんの助っ人を、あたしにやらせるってのはどう？」

「助っ人？」

「重蔵さんの足、まだ治ってないんでしょ？　ひとりで張り込みをさせるのは気の毒ですよ」

唐十郎は思わず苦笑した。勝気でお俠《きゃん》な十八の娘が、自分と同じことを考えていることが意外でもあり、おかしくもあった。

「おれが承知しても、重蔵が承知するかどうか……」

「とにかく、いっぺん様子を見てきますよ」

「好きなようにするがいいさ」

「じゃ」

と、お仙が腰をあげて、

「おそば、ご馳走《ちそう》になるわね」

屈託なく笑って出ていった。

お仙がむかったのは、神田小川町だった。

昼間でも人通りの少ない閑静な屋敷街である。どこかで不如帰《ほととぎす》が啼《な》いている。

榊原家の屋敷にさしかかったところで、お仙はふと足をとめた。

築地塀の角に、手拭《てぬぐ》いで頰かぶりをした男が、地べたに座りこんで居眠りをしている。その前に付木の束をのせた大笊《おおざる》がおいてある。

「付木屋さん」

お仙が声をかけると、男はびっくりしたように顔をあげた。重蔵である。

「なんだ、お仙か……」

「どう？　お屋敷の様子は」

重蔵の前にしゃがみ込んで、お仙が小声で訊いた。

「さっぱりだ」

重蔵が小さな眼をしばたたかせながら首を振った。

「妙なことを訊きますけど、重蔵さんはこのお屋敷で何を探ろうとしてるんですか」

「何をって、千坂の旦那から聞いてねえのかい」

「くわしいことは何も……」

「ここだけの話だがな」

あたりに鋭い眼をくばりながら、重蔵が声をひそめていった。

「おれが眼をつけてるのは、この屋敷の三男坊だ」

「三男坊？」

「榊原辰馬って男よ。そいつの日ごろの素行がよくねえ」

「何か悪いうわさでも？」

「部屋住みの分際で、夜な夜な派手に遊びまわってるそうだ。ひょっとしたら、浜町河岸の屋敷を根城にしていた侍ってのが、そいつじゃねえかと思ってな」

「そう」

「ところが、どういうわけか、この四、五日、屋敷に閉じこもったまま一歩も外に出てこねえんだ」

「まさか、勘づかれたんじゃ……」

「いや、それはねえだろう」

といいつつも、内心、その不安はぬぐいきれなかった。

「ね、重蔵さん、あたしと交代する気はありません？」

「うむ」

じつは、重蔵もそれを考えていたのである。自分のようなうさん臭い男が、いつまでも同じ場所に張り込んでいたら怪しまれる恐れがある。できれば丈吉かお仙に代わってもらいたいと思っていたところだった。それをお仙に告げると、

「女のあたしなら怪しまれる恐れはありませんよ」

といって、にっこり笑った。

「じゃ、さっそく今日から頼もうか」

「ここに座ってればいいんですね」

「ああ、こんな商いでも一日二、三人の客はいる。付木は一束五十文だ。中には値切る客もいるから、そこんところは適当にやってくんな」

「わかりました」

「じゃ、頼んだぜ」

いいおいて、重蔵は傷ついた右脚を引きずりながら去っていった。

お仙は付木の束をのせた大笊をかかえ上げて、そこからやや離れた場所に移動し、大笊を地面において腰を下ろした。その場所から榊原家の屋敷の門がよく見える。

(辰馬が出てくるまで、絶対ここから動かないから)

お仙は腕組みをして屋敷の門に眼をすえた。持久戦のかまえである。

四

八ツ半(午後三時)ごろになって、南風が吹きはじめた。

さざ波が立つ大川の川面《かわも》を、一艘《そう》の猪牙舟《ちょきぶね》がすべるように走ってゆく。

櫓《ろ》を漕いでいるのは、丈吉である。胴ノ間に行商人らしき男が乗っている。

本所竪川で拾った客を、深川の永堀町《ながほり》まで運ぶところだった。

新大橋の下をくぐって、しばらく行くと、左側に水路が見えた。仙台堀《せんだいぼり》であ

る。『江戸砂子』によると、

「大川端、上《かみ》ノ橋の川なり。仙台の蔵屋敷あり。よって名とす」

と堀の名称の由来が記されている。

猪牙舟は、その仙台堀に入っていった。上ノ橋をくぐると、すぐ右側が深川佐賀町である。さらに堀を遡行《そこう》すると、前方右手に小さな木橋が見えた。相生《あいおい》橋という。

橋の手前の町屋が永堀町である。丈吉は橋の西詰の船着場に舟を着けた。

「着きやしたぜ」

「ああ、ご苦労さん」

客は舟を下りていった。桟橋に舟を着けたまま、丈吉は次の客を待った。が、さっぱり声がかかる気配がない。あきらめて舟を出そうとしたとき、

「おい、船頭」

と声がかかった。見ると、大きな荷物を背負ったやくざふうの男が、片手に酒の角樽《つのだる》を下げて小走りにやってきた。寅八である。例の浪人どもに頼まれて、酒や食糧を買い集めてきた帰りだった。

「すまねえが、鉄砲洲までやってくれ」

「へい」

まさに渡りに舟である。寅八を乗せて、ふたたび大川に漕ぎ出した。

「何か祝いごとでもあるんですかい？」

櫓をあやつりながら、丈吉が訊いた。寅八が下げている角樽に眼がとまったのだ。

「なに、仲間内の酒盛りよ」

この男が誘拐一味の手先であることを、もとより丈吉は知るよしもなかったが、ただ仲間内の酒盛りにしては、朱塗りの角樽はいささか贅沢《ぜいたく》すぎると思った。おそらく中身は灘《なだ》の下《くだ》り酒であろう。一般には祝いごとに供される酒である。

「灘の下り酒で酒盛りとは、ずいぶんと景気のいい話ですねえ」

世辞のつもりで丈吉がそういうと、なぜか寅八は憮然《ぶぜん》となって、

「おれの仲間は口が肥えてるんだ」

余計な詮索《せんさく》はするな、といわんばかりに声をとがらせ、それきりむっつりと口を閉ざしてしまった。何が気に障《さわ》ったのか、わけがわからぬまま、丈吉も沈黙した。

気まずい沈黙がしばらくつづいた。

風にのって潮の香りがただよってくる。

前方に佃島が見えてきた。このあたりは、もう江戸湾の内海である。佃島の島影を左に見ながら、さらに舟を南に進めると、ほどなく前方右手に鉄砲洲稲荷の叢樹《そうじゅ》が見えた。

「どこに着けやしょうか」

「本湊町の船着場に着けてくれ」

「かしこまりやした」

櫓を水棹《みさお》に持ち換えて、舳先《へさき》を右にむける。岸辺がぐんぐん迫ってきた。

岩場に釣り人が群がっている。本湊町の海岸は江戸有数の釣り場で、春の鱚《きす》、夏の鯊《はぜ》、秋の梭子魚《かます》、冬の寒鮃《かんびらめ》と種類も豊富である。

岩場のわきの船着場には、五、六艘の釣り舟が係留されていた。その隙間《すきま》に舳先をねじこむようにして、舟を着けた。

「お待たせしやした」

丈吉が声をかけると、寅八は無言で舟賃を払い、荷物をかついで舟を下りた。

(愛想のねえ野郎だぜ)

苦々しげに見送って、舟を返そうとしたときである。

「おう、寅八。ご苦労だったな」

岩場で釣りをしていた浪人が、寅八の姿を見て立ち上がった。丈吉は思わず振り返って浪人の顔を見た。その瞬間、

（あっ）

と息を飲んで硬直した。浪人の右頰に二寸ほどの刀疵がある。

「角樽を持ってやろう」

「申しわけありやせん」

ぺこりと頭を下げて、角樽を浪人に手わたし、二人は足早に立ち去った。

丈吉はすぐさま舟を桟橋につなぎ、船着場の石段を登って、二人のあとを追った。

二人は鉄砲洲稲荷の南側の雑木林の小道に入っていった。丈吉は二人に気どられぬように雑木林の中に足を踏み入れた。

足音を消して、樹間をぬいながら二人のあとを跟《つ》ける。

ほどなく前方に建仁寺垣をめぐらせた数寄屋造りの家が見えた。

二人は網代門をくぐって、家の中に姿を消した。それを見届けるなり、丈吉は

ひらりと背を返して、一目散に走り去った。

神田多町の唐十郎の家に、丈吉が駆け込んできたのは、それから小半刻後のことであった。息せき切って、飛び込んできた丈吉を見て、

「どうした！」

唐十郎が険しい顔で訊いた。

「い、一味の隠れ家を突きとめやした」

「なに！」

「て、鉄砲洲稲荷の林の中にある一軒家です」

「その家に間違いあるまいな」

「右頬に刀疵のある浪人が家の中に入っていくのを、この眼でたしかめてきやした。間違いありやせん」

「そうか。……でかしたぞ、丈吉」

「何でしたら、あっしがご案内しやしょうか」

「いや、それにはおよばぬ」

唐十郎はふところから小判を一枚取り出して、丈吉の前においた。

「これで酒でも飲んでくれ」

「旦那はどうなさるおつもりで？」

「これから一味の隠れ家に乗り込む。真っ正面から堂々とな」

おもむろに立ち上がると、唐十郎は袴《はかま》をはいて、腰に左文字国弘と脇差をたばさみ、

「家のたたずまいはどうだった？」

あらためて丈吉に訊《たず》ねた。

「建仁寺垣をめぐらせた数寄屋造りの一軒家で、入り口は網代門になっておりやした」

「わかった」

うなずいて、部屋を出た。丈吉があとにつづき、

「お気をつけて」

と玄関の前で唐十郎を見送った。

神田多町から日本橋を経由して京橋に出、堀川にそって東に下る。この川は下流で川幅が広くなり、鉄砲洲の海に流れ込んでいる。

川の名は桜川《さくらがわ》。俗に八丁堀ともいう。

桜川の川口に架かる稲荷橋にさしかかったときには、すでに陽は没し、西の空が桔梗《ききょう》色に染まっていた。吹き寄せる浜風が磯の香りを運んでくる。

唐十郎は、稲荷橋をわたって、鉄砲洲稲荷に足をむけた。稲荷社の南側にこんもりと繁る雑木林があった。小道が林の奥につづいている。その道を半丁（約五十メートル）ほど行くと、夕闇の奥に一軒家が見えた。

丈吉がいったとおり、建仁寺垣をめぐらせた数寄屋造りの一軒家である。

唐十郎は網代門をくぐり、ためらいもなくその家の玄関に足を踏み入れた。物音を聞きつけて、奥から姿をあらわしたのは寅八だった。酒を飲んでいたらしく、顔が赤い。

「どちらさまで？」

警戒するような眼で、寅八が誰何《すいか》した。

「この家に頭の黒い大鼠《おおねずみ》が巣食っていると聞いたのでな」

「なにイッ」

「その鼠どもを退治しにきた」

「ふ、ふざけやがって！」

わめきざま、寅八が身をひるがえした。……と、見た瞬間、しゃっ！

唐十郎の抜きつけの一閃《いっせん》が、寅八の背中を逆袈裟《ぎゃくげさ》に斬《き》り裂いていた。

「わッ」

と悲鳴をあげて、三和土《たたき》にころげ落ちた寅八の躰を、片足で踏みつぶすようにして、唐十郎は廊下に跳びあがった。と同時に、奥の襖ががらりと引き開けられ、浪人が一人、おっとり刀で飛び出してきた。赤ら顔の小肥りの浪人である。

「な、なにやつ！」

浪人が、甲走った声を発しながら抜刀し、電光のごとく、唐十郎めがけて切っ先を突き出してきたが、次の刹那《せつな》、刀は両断されて、飛んだ切っ先は天井板に突き刺さっていた。

棒立ちになった浪人の右肩に、唐十郎の刀が叩きつけられた。

ガツッと肩口に刃が食い込む。そのまま一尺ばかり斬り下げた。ぼとりと音を立てて右腕が廊下に落ちた。その浪人が倒れ伏すのを待たず、唐十郎は廊下を突き進んだ。

二人目が飛び出してきた。がっしりした体軀《たいく》の浪人である。

上段から斬りかかってきた。そこを下から薙《な》ぎあげる。浪人の喉首《のどくび》から頤《おとがい》にかけて赤い裂け目が走った。ドッと血煙が噴き飛ぶ。下顎《したあご》がざっくり割れている。

よろめく浪人のわきをすり抜けて、部屋に飛び込んだ。いきなり斬撃《ざんげき》がきた。それも左右からほぼ同時にである。間一髪、唐十郎は身を沈めて畳の上を一回転し、すぐさま立ち上がった。

「おのれ！」

右方の浪人が横殴りの一刀を送ってきた。右頰に刀疵のある瘦《や》せ浪人である。唐十郎は畳を蹴《け》って跳躍した。刃うなりを上げて、刀刃が足元をかすめた。跳躍しながら唐竹《からたけ》割《わ》りに斬り下ろす。浪人の頭蓋《ずがい》が割れて、鮮血とともに白い脳漿《のうしょう》が飛び散った。

すぐさま躰を返して、半身にかまえた。髭面《ひげづら》の浪人が刀を青眼につけて迫っていた。檜垣伝七郎である。

「わしらの身辺を探っていた浪人者とは、貴様だったか」

「………」

「公儀の探索方には見えぬが……、何者なのだ、貴様は」

「公事宿《くじやど》始末人」

「なに？」

「闇の刺客《しかく》だ」

「戯《ざ》れごとを申すな」

檜垣は鼻でせせら笑った。笑いながらも、しきりに足をすって隙をねらっている。

唐十郎は右片手に刀をにぎり、刀尖をだらりと下げた。「後《ご》の先《せん》」をとる直心影流の無構《むがま》えのかまえである。

カシャ。

かすかに鍔《つば》が鳴った。檜垣が刀を返したのである。刃が上をむいた。これは下段からの斬撃を峰で防ぎ、同時に下から斬り上げるためのかまえである。

檜垣の足が間境を越えた。──と、見るや、唐十郎の右手が動いた。だらりと下げた刀を一気に薙ぎ上げたのだ。

檜垣はそれを読んでいた。返した刀の峰で、唐十郎の刀を上から押さえつけるように振り下ろした。だが、次の瞬間、檜垣の刀は畳に落下し、何かがバラバラと飛び散った。

「うっ」

と、うめいて、檜垣は数歩跳び下がった。右手の指が五本とも切断されていた。斬り込んだ瞬間に、唐十郎が左手で脇差を抜き放ち、檜垣の籠手《こて》に叩きつけたのである。右手ににぎった左文字国弘は、いわば見せ太刀（フェイント）だったた。

檜垣は左手で傷口を押さえながら、居直ったように唐十郎を射すくめた。

「わ、わしを斬って……、何の得になるというのだ」

「損得勘定ではない。おれが知りたいのは貴様たちの黒幕の正体だ」

「それをいったら、……命を助けてくれるというのか」

「正直に吐けばな」

「わかった。……いおう」

「…………」

「黒幕は二人いる。一人は普請奉行・榊原主計頭のせがれ・辰馬だ。もう一人は公儀徒目付の真崎三十郎。……わしらはその二人に雇われただけだ」

「四件の誘拐は、金が目当てだったのだな？」

「いや」

苦悶の表情で、檜垣が首を振った。切断された五本の指から血がしたたり落ちている。

「それだけではない。あの二人は人質の女を手込めにして楽しんでいた」

「『和泉屋』の内儀を殺したのは、誰だ？」

「榊原辰馬だ。……あの男は常人ではない。金と欲に取り憑《つ》かれた狂人だ。ついでにいえば……、旗本の娘をなぶり殺しにしたのも、あの男だ」

「旗本の娘？」

「杉本菊江という娘だ。死骸《むくろ》はこの家の庭に埋まっている」

「むごいことを……」

唐十郎の顔に、やり場のない怒りがわいた。

「訊かれたことには、すべて応えた。さ、刀を引いてくれ」

命乞いする檜垣を冷然と見下ろしながら、唐十郎は無言で刀を振り上げた。

「ま、待て！　……約束が違うぞ！」

「貴様も同罪だ。見逃すわけにはいかぬ」

いうなり、振り上げた刀を、檜垣の首根に叩きつけるように振り下ろした。おびただしい血とともに、檜垣の首が高々と宙に舞い、天井にぶつかって畳の上にころがった。

刀の血ぶりをして鞘におさめると、唐十郎はやり切れぬように深い吐息をついて、踵《きびす》を返した。

五

翌日の夕刻――。

千坂唐十郎は、馬喰町の公事宿『大黒屋』の奥座敷にいた。

その前に沈痛な表情の宗兵衛が腕組みをして座っている。唐十郎から事件の一部始終と黒幕の正体を明かされたばかりだった。少なからず宗兵衛は衝撃を受けている。

重苦しい沈黙が流れたあと、宗兵衛の口からふうっと大きなため息が漏れた。

「ご普請奉行の息子とご公儀の御徒目付が黒幕とは……、おどろきましたな」

「これでおれの調べは終わった。あとはあんたの存念しだいだ」

「申すまでもございません」

宗兵衛がきっぱりといった。いつものおだやかな顔とは打って変わって、凄味《すごみ》をおびた〝裏〟の顔になっている。

「その二人、始末していただきましょう」

手文庫から七両の金子を取り出し、唐十郎の膝前に差し出した。

「浪人四人の始末料を上乗せして、今回は七両ということで……」

「異存はない」

七枚の小判をわしづかみにして、無造作にふところに入れると、唐十郎はゆったりと立ち上がり、かるく一揖《いちゆう》して部屋を出ていった。

『大黒屋』を出ると、唐十郎は暮れなずむ街を、上野《うえの》にむかって歩を進めた。

第一の標的は、徒目付の真崎三十郎である。

唐十郎は『大黒屋』をたずねる前に、武鑑《ぶかん》で真崎の組屋敷をたしかめておいた。ちなみに武鑑とは、武家の姓名、紋所、知行所、家来の姓名などを記した市販の木版本——現代でいう紳士名鑑である。

真崎の組屋敷は、上野御徒町《おかちまち》にある。

上野大仏下の時の鐘が六ツ（午後六時）を告げはじめたころ、唐十郎は真崎の組屋敷の近くを歩いていた。御徒町の町名が示すとおり、この界隈には、下級幕臣の組屋敷がひしめくように立ち並んでいる。

真崎の組屋敷は、敷地二百坪と意外に広い。周囲は板塀でかこまれ、木戸門が付いている。唐十郎は組屋敷の横の路地に身をひそめて、真崎の帰宅を待った。

徒目付の退勤時刻は、江戸城の三十六見附《みつけ》の門が閉められる酉《とり》の刻（午後六時）、それから家路につけば四半刻ほどで、組屋敷に着くはずだ。

唐十郎の読みどおり、上野大仏下の時の鐘が鳴りおわって四半刻ほどたったころ、真崎の組屋敷の門前に人影があらわれた。

唐十郎はすかさず路地から歩を踏み出して、人影に歩み寄った。

「真崎三十郎どのだな？」

低く声をかけると、木戸門をくぐりかけた人影が、ぎくりと足をとめて振りむいた。肩幅の広い、角張った顔の武士——真崎である。

「おぬしは……？」

「榊原辰馬のことで、話がある」

「辰馬のことで？」

真崎の顔がこわばった。

「どういうことだ？」

「ここで話すわけにはいかん。場所を変えよう」

唐十郎は背を返して歩き出した。真崎が不審な面持ちでついてくる。

真崎の組屋敷から一丁ほど行ったところに、取り壊された屋敷跡とおぼしき空き地があった。朽ち果てた板塀の一部が残っている。そこで足をとめて、唐十郎が振り返った。

「榊原辰馬ともども、貴様の命をもらいにきた」

「なにッ」

真崎の右手が刀の柄にかかった。唐十郎は例によって両手をだらりと下げている。

「誘拐《かどわか》された女たちの無念を晴らすためだ」

「そうか」

真崎が不敵に嗤った。

「北町の今井半兵衛を斬ったのは、貴様だったか」

「あの男は貴様をかばって死んでいった。だが、いまとなればそれも無駄死にだ」

「お、おのれ！　いわせておけば……！」

真崎が抜刀した。唐十郎は両手を下げたまま、微動だにしない。

「死ぬのは、貴様だ！」

わめきながら、真崎が猛然と斬り込んできた。刹那、唐十郎は横っ跳びに切っ先をかわして、刀を鞘走らせた。

一瞬、二人の躰が交差した。真崎は数歩よろめき、かろうじて踏みとどまった。

互いに背をむけたまま、瞬時、二人の躰は静止した。……ややあって、ぐらり。

上体をのめらせて、真崎が片膝をついた。右脇腹《わきばら》がざっくり切り裂かれている。

真崎は信じられぬような顔で、切り裂かれたおのれの腹を見た。白いはらわたが飛び出している。あわててそれを押し込もうとしたとたん、おびただしい血とともに、腹の中の臓物が一挙に地面に飛び散った。

さすがに耐えきれず、真崎は前のめりに突っ伏した。

鍔鳴りをひびかせて納刀すると、唐十郎は振り向きもせずに足早に立ち去った。

半刻後――。

千坂唐十郎は、浅草日本堤《にほんづつみ》の土手道を歩いていた。

降るような星明かりである。土手の一本道が青白く光っている。

この日の夕刻、神田小川町の榊原家の屋敷に張り込んでいたお仙から、榊原辰馬が他行《たぎょう》したとの報告を受けていた。

放蕩癖《ほうとうへき》が身にしみついた辰馬にとって、屋敷に閉じこもる日々が死ぬほど退屈だったのだろう。ついにこらえ切れず、辰馬はこっそり屋敷をぬけ出して、旗本の遊び仲間を二人さそい、吉原に向かったという。

時刻は五ツ（午後八時）少し前。

そろそろ辰馬たちが吉原から引き揚げてくるころである。

唐十郎は日本堤から衣紋坂《えもんざか》に足をむけた。坂の下の闇の深みに、煌々《こうこう》ときらめく無数の明かりが見えた。吉原遊廓《ゆうかく》の妓楼《ぎろう》の明かりである。

坂の中腹に柳の古木が立っている。通称「見返り柳」。吉原で遊んだ客が、遊女への未練を残して、この柳の木の下で遊廓の家並みを見返ったところから、その名がついたという。

唐十郎は、見返り柳の樹幹の陰に身をひそめて、辰馬たちがあらわれるのを待った。

ほどなく、坂の下から男たちの声高《こわだか》な話し声と哄笑《こうしょう》がひびいてきた。闇に眼をこらして見ると、三人の武士が上機嫌で衣紋坂を登ってくる。辰馬たちだった。

唐十郎は柳の陰からゆっくり歩を踏み出して、坂道の中央に立ちはだかった。

三人の武士が不審げに足をとめて、唐十郎を見た。

「き、貴様は、先日の……！」

怒声を発したのは、辰馬だった。柳橋の船着場付近の道で、唐十郎とあわや斬り合いになったことを、辰馬は憶えていた。

「また会ったな。榊原辰馬」

「な、なぜおれの名を！」

「杉本菊江という娘から頼まれたのだ。現世《げんせ》の怨《うら》みを晴らしてくれとな」

「ば、馬鹿な！　……世迷いごとをぬかすな！」

辰馬が抜刀した。仲間の二人も刀をぬいて身構えた。

「喧嘩を売るつもりなら、おれが買ってやる」

一人が勇み立って斬り込んできた。唐十郎はわずかに上体をそらして、切っ先をかわした。「五分の見切り」である。

「おぬしたちに怨みはないが、顔を見られたからには生かしておけぬ」

「おのれ！」

もう一人が猛然と斬りかかってくる。唐十郎はとっさに身を沈めて、抜きつけの一刀を横に払った。腹を横一文字に切り裂かれて、その武士は坂道にころがった。

背後から斬撃がきた。

振りむきざま、唐十郎は諸手《もろて》突きに刀を突き出した。紫電《しでん》の刺突《しとつ》の剣である。切っ先が武士の胸をつらぬき、背中に飛び出した。すぐさま引き抜く。

ドサッと音をたてて、その武士は倒れ伏した。

辰馬が抜き身を引っ下げたまま、おろおろと逃げまどっている。唐十郎は左文字国弘を中段に構えて、じりじりと辰馬に迫った。

「か、金が欲しいのか？」

顔を引きつらせて、辰馬がいった。声が震えている。

「十両……、いや、二十両なら、いますぐ払える。……それで手を引かぬか」

「金はビタ一文いらぬ」

「で、では……、何が望みなのだ」

「おれが欲しいのは……、貴様の命だ」

「ぬかすな！」

辰馬が遮二無二《しゃにむに》斬り込んできた。次の瞬間、
キーン！

するどい鋼《はがね》の音がひびき、辰馬の刀が闇に飛んだ。一瞬、辰馬は棒立ちになった。そこへ唐十郎の刀が叩きつけるように振り下ろされた。

骨を断つ鈍い音とともに、切断された辰馬の首が、血潮を撒《ま》き散らしながら、高々と宙に舞った。それが落下するのを待たず、唐十郎は刀を鞘におさめた。

どすん！

音を立てて、辰馬の首が地面に落下した。両眼をカッと見開いたまま、その首はごろごろと衣紋坂をころがり落ちていった。

この瞬間に、榊原辰馬の悪業《あくごう》の猛火《みょうか》は、消え去った。

視線を衣紋坂の下に転じると……、不夜城・吉原遊廓の明かりは、ますますその耀きを増しはじめている。

唐十郎は、やり切れぬように吐息をついて、ゆっくり背を返した。

注・本作品は、平成十五年五月、学研パブリッシング（現・学研プラス）より
『公事宿始末人　淫獣斬り』と題して刊行されたものを改題したものです。

一〇〇字書評

公事宿始末人 千坂唐十郎

切・り・取・り・線

購買動機（新聞、雑誌名を記入するか、あるいは○をつけてください）

- □（　　　　　　　　　　　　）の広告を見て
- □（　　　　　　　　　　　　）の書評を見て
- □ 知人のすすめで
- □ タイトルに惹かれて
- □ カバーが良かったから
- □ 内容が面白そうだから
- □ 好きな作家だから
- □ 好きな分野の本だから

・最近、最も感銘を受けた作品名をお書き下さい

・あなたのお好きな作家名をお書き下さい

・その他、ご要望がありましたらお書き下さい

住所	〒				
氏名		職業		年齢	
Eメール	※携帯には配信できません		新刊情報等のメール配信を 希望する・しない		

この本の感想を、編集部までお寄せいただけたらありがたく存じます。今後の企画の参考にさせていただきます。Eメールでも結構です。

いただいた「一〇〇字書評」は、新聞・雑誌等に紹介させていただくことがあります。その場合はお礼として特製図書カードを差し上げます。

前ページの原稿用紙に書評をお書きの上、切り取り、左記までお送り下さい。宛先の住所は不要です。

なお、ご記入いただいたお名前、ご住所等は、書評紹介の事前了解、謝礼のお届けのためだけに利用し、そのほかの目的のために利用することはありません。

〒一〇一－八七〇一
祥伝社文庫編集長　坂口芳和
電話　〇三（三二六五）二〇八〇

祥伝社ホームページの「ブックレビュー」からも、書き込めます。

http://www.shodensha.co.jp/bookreview/

祥伝社文庫

公事宿始末人《くじやどしまつにん》　千坂唐十郎《ちさかとうじゆうろう》

平成28年11月20日　初版第1刷発行

著　者　黒崎裕一郎《くろさきゆういちろう》
発行者　辻　浩明
発行所　祥伝社《しようでんしや》
東京都千代田区神田神保町3-3
〒101-8701
電話　03（3265）2081（販売部）
電話　03（3265）2080（編集部）
電話　03（3265）3622（業務部）
http://www.shodensha.co.jp/

印刷所　堀内印刷
製本所　ナショナル製本
カバーフォーマットデザイン　中原達治

本書の無断複写は著作権法上での例外を除き禁じられています。また、代行業者など購入者以外の第三者による電子データ化及び電子書籍化は、たとえ個人や家庭内での利用でも著作権法違反です。
造本には十分注意しておりますが、万一、落丁・乱丁などの不良品がありましたら、「業務部」あてにお送り下さい。送料小社負担にてお取り替えいたします。ただし、古書店で購入されたものについてはお取り替え出来ません。

Printed in Japan ©2016, Yūichirō Kurosaki ISBN978-4-396-34265-4 C0193

祥伝社文庫の好評既刊

黒崎裕一郎　**必殺闇同心《ひっさつやみどうしん》**

人気TVドラマ『必殺仕事人』を手がけた著者が贈る痛快無比の時代活劇！「闇の殺し人」仙波直次郎《せんばなおじろう》が悪を断つ！

黒崎裕一郎　**必殺闇同心　人身御供**

四人組の辻斬りと出食わした直次郎は、得意の心抜《しんぬき》流居合で立ち会うものの……。幕閣と豪商の悪を暴く第二弾！

黒崎裕一郎　**必殺闇同心　夜盗斬り**

夜盗一味を追う同心が斬られた。背後に潜む黒幕の正体を摑んだ直次郎の怒りの剣が炸裂！　痛快時代小説。

黒崎裕一郎　**必殺闇同心　隠密狩り**

妻を救った恩人が直次郎の命を狙った！　江戸市中に阿片がはびこるなか、次々と斬殺死体が見つかり……。

黒崎裕一郎　必殺闇同心　**四匹の殺し屋**

頸《くび》をへし折る。心ノ臓を一突き。さらに両断された数々の死体…。葬られた者たちの共通点は…。

黒崎裕一郎　必殺闇同心　**娘供養**

十代の娘が立て続けに失踪、刺殺など奇妙な事件が起こるなか、直次郎の助ける間もなく永代橋から娘が身を投げ……。

祥伝社文庫の好評既刊

鳥羽 亮
冥府に候 首斬り雲十郎
藩の介錯人として「首斬り」浅右衛門に学ぶ鬼塚雲十郎。その居合の剣〝横霞〟が疾る！ 迫力の剣豪小説、開幕。

鳥羽 亮
殺鬼に候 首斬り雲十郎②
秘剣を破る、二刀流の剛剣の刺客現わる！ 雲十郎は居合と介錯を融合させた新たな秘剣の修得に挑んだ。

鳥羽 亮
死地に候 首斬り雲十郎③
「怨霊」と名乗る最強の刺客が襲来。居合剣〝横霞〟、介錯剣〝縦稲妻〟の融合の剣〝十文字斬り〟で屠る！

鳥羽 亮
鬼神になりて 首斬り雲十郎④
畠沢藩の重臣が斬殺された。雲十郎は幼い姉弟に剣術の指南を懇願され……父の敵討を妨げる刺客に立ち向かえ！

鳥羽 亮
阿修羅 首斬り雲十郎⑤
「おれを斬れば、おぬしも斬られるぞ」不吉な予言通り迫る鎖鎌の刺客。お家騒動に巻き込まれた雲十郎の運命は⁉

鳥羽 亮
はみだし御庭番《おにわばん》無頼旅
外様藩財政改革助勢のため、奥州路を行く〝はみだし御庭番〟。迫り来る反対派の刺客との死闘、白熱の隠密行。

祥伝社文庫の好評既刊

小杉健治

真《まこと》の雨（上）　風烈廻り与力・青柳剣一郎㉚

野望に燃える藩主と、度重なる借金に疲弊する藩士。どちらを守るべきか苦悩した家老の決意は――。

小杉健治

真《まこと》の雨（下）　風烈廻り与力・青柳剣一郎㉛

完璧に思えた〝殺し〟の手口。その綻《ほころ》びを見つけた剣一郎は、利権に群れる巨悪の姿をあぶり出す！

小杉健治

善の焔《ほのお》　風烈廻り与力・青柳剣一郎㉜

付け火の狙いは何か！　牢屋敷近くで起きた連続放火。くすぶる謎を、風烈廻り与力の剣一郎が解き明かす！

小杉健治

美の翳《かげり》　風烈廻り与力・青柳剣一郎㉝

銭に群がるのは悪党のみにあらず……。奇怪な殺しに隠された真相は？　人間の気高さを描く「真善美」三部作完結。

小杉健治

砂の守り　風烈廻り与力・青柳剣一郎㉞

矢先稲荷《やさきいなり》脇で発見された死体。検死した剣一郎は剣客《けんかく》による犯行と判断。三月《みつき》前の刃傷事件と絡め、探索を始めるが……。

小杉健治

破暁の道（上）　風烈廻り与力・青柳剣一郎㉟

愛する人はどこへ消えた。父のたくらみか、自らの意志か――。大店の倅が辿る、茨の道とは？

祥伝社文庫の好評既刊

小杉健治　破暁の道（下）　風烈廻り与力・青柳剣一郎㊱

破落戸殺しとあくどい金貸しを追う剣一郎。江戸と甲府を繋ぐ謎の家訓から、複雑な事件の奇妙な接点が明らかに！

岡本さとる　情けの糸　取次屋栄三⑪

断絶した母子の闇を、栄三の取次が明るく照らす！　どこから読んでも面白い。これぞ読み切りシリーズの醍醐味。

岡本さとる　手習い師匠　取次屋栄三⑫

栄三が教えりゃ子供が笑う、まっすぐ育つ！　剣客にして取次屋、表の顔は手習い師匠の心温まる人生指南とは？

岡本さとる　深川慕情　取次屋栄三⑬

破落戸と行き違った栄三郎。男は居酒屋〝そめじ〟の女将お染と話していた相手だったことから……。

岡本さとる　合縁奇縁　取次屋栄三⑭

凄腕《すごうで》女剣士の一途《いちず》な気持ちに、どう応える？　剣に生きるか、恋慕をとるか。ここは栄三、思案のしどころ！

岡本さとる　三十石船　取次屋栄三⑮

大坂の野鍛冶の家に生まれ武士に憧れた栄三郎少年が、いかにして気楽流剣客となったか。笑いと涙の浪花人情旅。

祥伝社文庫の好評既刊

辻堂 魁

遠雷 風の市兵衛⑬

市兵衛への依頼は攫《さら》われた元京都町奉行の倅《せがれ》の奪還。そして、その母親こそ初恋の相手お吹だったことから……。

辻堂 魁

科野秘帖 風の市兵衛⑭

「父の仇・柳井宗秀を討つ助っ人を」市兵衛の胸をざわつかせた依頼人は武家育ちの女郎だったことから……。

辻堂 魁

夕影 風の市兵衛⑮

兄・片岡信正の命で下総葛飾を目指す市兵衛。親友・返弥陀ノ介の頼みで立ち寄った貸元は三月前に殺されていた!

辻堂 魁

秋しぐれ 風の市兵衛⑯

廃業した元関脇がひっそりと江戸に戻ってきた。男には十五年前に別れたままの妻と娘がいたのだが……。

辻堂 魁

うつけ者の値打ち 風の市兵衛⑰

藩を追われ、用心棒に成り下がった下級武士。愚直ゆえに過去の罪を一人で背負い込んでいる姿を見て市兵衛は……。

辻堂 魁

待つ春や 風の市兵衛⑱

誰が御鳥見役を斬殺したのか? 藩に捕らえられた依頼主の友を、市兵衛は救えるのか? 快刀乱麻に撫で斬る!